오늘부터 나를 고쳐 쓰기로 했다

지은이 김선영

18년 차 글쟁이, 글쓰기 코치, 생활체육인. "사람은 고쳐 쓰는 게 아니야"라는 말에 반기를 드는 사람. 작가로 살며 글을 고쳐 쓰다가 삶까지 고쳐 쓰게 됐다. 어린 시절부터 '종합병원'이라고 불릴 만큼 잔병치레가 많았다. 몸이 자주 아프고 피곤하니 매사 부정적인 생각이 차올라 악순환을 겪었다. 운동, 식단, 생활 습관 등 지금 바로 실천할 수 있는 일부터 고치기 시작했다. 몸과 마음이 달라지더니 하루가 달라지고 인생이 달라졌다. 누구보다 긍정적이고 건강한 마흔을 맞이했다.

저서로는 글쓰기 책 《따라 쓰기만 해도 글이 좋아진다》《어른의 문장력》《어른의 문해력》《나도 한 문장 잘 쓰면 바랄 게 없겠네》, 에세이 《오늘 서강대교가 무너지면 좋겠다》가 있다.

오늘부터 나를 고쳐 쓰기로 했다

초판 1쇄 발행 2024년 4월 25일

지은이 김선영 | 발행인 박윤우 | 편집 김송은, 김유진, 박영서, 성한경, 장미숙 | 마케팅 박서연, 이건희, 정미진 | 디자인 서혜진, 이세연 | 저작권 백은영, 유은지 | 경영지원 이지영, 주진호 | 발행처 부키(주) | 출판신고 2012년 9월 27일 | 주소 서울시 마포구 양화로 125 경남관광빌딩 7층 | 전화 02-325-0846 | 팩스 02-325-0841 | 이메일 webmaster@bookie.co.kr | ISBN 979-11-93528-08-2 03810

만든 사람들
편집 김유진 | 디자인 이세연 | 일러스트 최진영

다시 태어나지 않고도 삶을 바꾸는 매일의 작은 습관들

오늘부터 나를
고쳐 쓰기로 했다

김선영 지음

부·키

17년 동안 글쓰기로 밥을 먹고 살았다고? 보나 마나 종일 책상에 앉아 일했을 테니 얼마나 몸이 망가졌을까. 직업병인 허리 디스크와 치질에다 타고난 아토피, 자궁내막증까지 각종 병치레에 휩싸여 '종합병원 호갱님'이 따로 없었다. 게다가 머리를 쥐어 짜내는 편두통과 스트레스는 또 어떻고.

그런데 골골 백세라더니, 비실대던 허약체가 몸을 꼬무락거리면서 묘하고도 당찬 반전 매력을 선보인다. 물에 빠져 죽지 않으려고 끊임없이 팔을 허우적대다가 생존 수영을 배운 격이랄까. 책을 읽는 동안 비실비실 웃음이 나왔는데, 나만큼이나 다방면에서 '자가 생체실험' 신봉자이기 때문이다.

그 누구도 내 몸에서 일어나는 고통을 대신해 줄 수 없다. '아프다'는 건, 어쩌면 잘 살고 싶다고 몸이 보내는 애원일지 모른다. 그 신호를 방관하거나 무시하지 않고 잘 고쳐 쓰려는 노련한 기술자의 결기가 느껴진다. 사느라 버티느라 심란한 허약자들에게 용기를 북돋는 응원가로도 들린다.

▶ 마녀체력 이영미(작가)

＊ ＊ ＊

나는 나로 태어났다. 이건 어찌할 도리가 없는 일이다. 누구나 그렇듯이 나도 가끔 내가 마음에 안 든다. 살아온 만큼, 혹은 그 이상 살아가야 한다면, 그런 '나'를 데리고 앞으로의 인생을 어떻게 무사히 건너갈 수 있을까?

저자는 남들보다 조금 부실한 몸을 타고났다고, '뽑기 운'이 나빴다고 한다. 하지만 자신이 뽑은 몸을 한탄하기보다 고쳐 쓰는 것에 집중한다. 운동을 하고, 먹는 것과 삶의 방식을 바꾸고, 마음을 다독이며 일상을 조금씩 개선해 나간다. 어떤 방법이든 선입견을 갖지 않고 몸으로 부딪쳐 시도해 본다. 마치 돌다리를 두드리기 전에 용감하게 발을 디뎌 보는 식이다. 그로 인해 어떤 어려움이 닥쳐도 그것을 이겨 낼 적절한 무기를 발견하리라는 믿음을 가진다.

저자가 삶을 튼튼하게 만든 방식 가운데 어떤 것은 나와 맞지 않을 수도 있다. 우리는 각자 한 사람분의 정답을 가지고 있을 뿐이니까. 뽑기 운이 나빴다지만, 주어진 몸과 삶을 받아들이는 그의 자세는 산뜻하고 담담하다. 책을 읽고 나면 나 역시 나만의 방법을 찾아보겠다는 마음이 든다. 삶을 고쳐 쓰기 위한 모든 노력은 의미 있다. 그 의미를 들여다보는 책이다.

▶ 이다(일러스트레이터, 작가)

나는 17년 동안 글쓰기로 밥을 먹고 살았다.

자신 있게 말하건대,

글을 잘 쓰는 확실한 방법은 '고쳐 쓰기'뿐이다.

고치면 고칠수록 좋아진다.

그런데 글뿐만이 아니었다. 삶도 그랬다.

다시 태어나지 않고도 삶을 바꾸는 법

이상하게 자도 자도 피곤하고 밥만 먹으면 속이 불편했다. 조금만 신경 쓰는 일이 생겨도 깨질 듯한 두통이 찾아왔고, 월경 기간에는 허리가 두 동강이 날 것 같았다. 열심히 돈은 벌어서 뭐 하는지. 병원비와 약값으로 다 나가는걸. 하루 이틀도 아니고 주변에 아프다고 말하기가 민망했다. 그럴 때면 머릿속에 이런 생각이 맴돌았다.

'이번 생은 틀렸어. 다시 태어나는 수밖에.'

한창 가꾸고 싶은 20대에 화장이나 염색을 마음 놓고 하지 못했다. 털이 북실북실한 앙고라 니트를 입고, 반짝거리는 액세서리도 차 보고 싶었다. 억지로 꾸미고 나면 종일 신경이 쓰이고 불편했다. 어김없이 알레르기 반응이 올라와서 피가 나도록 긁으며 후회했다.

나이가 들면서 이자 붙듯 각종 증상이 추가됐다. 아토피피부염, 허리 디스크, 기능성 소화 장애, 편두통, 자궁내막증, 구순 포진…… 걸어 다니는 종합병원이 따로 없었다. "또 아파?" "이번엔 또 어디?" "너는 어떻게 맨날 아프냐?" 나를 가장 사랑하는 엄마가 했던 말들이다. 엄마가 누구보다 나를 걱정하고 안쓰러워한다는 걸 알면서도 나는 자꾸만 어깨가 움츠러들었다. 아플 때마다 죄송한 마음이 들었고, 어쩌다 나를 이렇게 낳았는지 원망스러울 때도 있었다. 그러다 그런 생각을 하는 자신을 미워했다.

하필 그 몸으로 밥 먹듯이 밤을 새우는 방송 작가가 됐다. 내 몸은 돌보지 못하면서 환자들의 건강법을 소개하는 프로그램에서 일했다. 출연자들은 더 큰 병도 저마다의 비법으로 완치가 됐다는데 그 비법들이 나에겐 통하지 않았다. 몸에 좋다는 현미 채식도, 독소를 뺀다는 사우나도 소용없었다. 오히려 더 나빠지기도 했다. 결국 아파서 좋아하는 일까지 그만두어야 했을 때는 이렇게 사는 게 무슨 의미가 있나 싶었다.

그래도 어떻게든 살아야 했다. 기왕 태어난 것, 많이 웃었으면 좋겠고, 때로는 아픈 날도 있겠지만 즐거운 날들이 더 많았으면 했다. 지금보다 덜 아플 수 없을까, 아니 이 몸으로도 하고 싶은 거 다 하며 마음껏 살 수는 없을까.

돌아보니 나를 키운 8할은 병이었다. 잔병에 지치지 않으려고 나는 20대부터 지금까지 운동을 꾸준히 즐기고 있다. 술과 기름진 음식에 끌리는 나는, 만약 아토피와 소화 장애가 없었다면 비만이나 대사 증후군이 생겼을 것이다. 허리 디스크나 단순 포진이 없었다면 내 체력보다 무리한 운동을 해서 부상당했겠지. 편두통은 예민한 기질의 반영이고 작가의 숙명이었다. 자궁내막증이 없었다면 자연이나 친환경 생활에 무관심한 채 한없이 게을렀을 터.

살려고 발버둥 치다 보니 결과적으로 내 삶은 더 건강한 방향으로 흘러갔다. 내 마음대로 되지 않는다고 탓했던 몸이 실은 나에게 도움이 되는 길로 나를 이끌어 주고 있었다. 그렇게 마흔에 접어든 지금, 나는 과거의 어느 때보다 건강하고 밝고 긍정적인 사람이 되었다.

내 몸을 이해하고 내게 이로운 습관을 실천하자 실제로 변화들이 생겼다. 편두통과 위경련의 빈도가 과거의 절

반도 안 될 만큼 줄었다. 입술 근처에 달고 살던 포진도 연중행사가 됐다. 완치는 없는 병이지만 더 이상 신세를 한탄하거나 움츠러들지 않는다. 몸도 삶도 스스로 고쳐 쓸 수 있다는 믿음이 나를 더 단단한 사람으로 만들었고, 앞으로도 그러리라 믿으니까.

아는 만큼 덜 고생한다. 과식이나 폭식을 언제 멈추기 힘든지, 더위와 추위 중 무엇에 더 취약한지, 잠을 얼마나 자야 컨디션이 좋은지 등 자신을 먼저 알아야 한다. 두통이 왔을 때 타이레놀, 게보린, 아스피린 중에 어떤 약이 나랑 잘 맞고 부작용이 덜한지 알고 있는가? 그렇지 않다면 반드시 공부해 두길 바란다. 나를 돌보고 다스리는 방법은 누가 일일이 친절하게 알려 주지 않는다. 의사의 처방이 기본이지만, 때로는 직접 실험도 하고 부딪쳐 봐야 안다. 나를 고쳐 쓰는 첫 번째 단계다.

갑작스럽게 큰 스트레스를 받거나 상실을 겪은 사람이 몰라볼 정도로 야윈 모습을 본 적이 있을 것이다. 반대로 몸이 약해지면 마음도 무너지기 쉽다. 특히 만성질환은 우울을 먹잇감 삼아 더욱 증상이 나빠지면서 악순환을 일으키기도 한다. 그러니 아플 때는 마음을 돌보는 일도 게을리해서는 안 된다.

나를 고쳐 쓰는 두 번째 단계는 내 손으로 해결할 수 있는 것과 없는 것을 구별한다. 자신이 어찌할 수 없는 일을 붙들고 걱정하는 대신 현실적인 방안을 찾는다. 나는 나에게 맞는 운동과 취미를 찾고 일과 관계를 정리했다. 그 과정에서 빠르게 기운을 얻는 나만의 루틴이 생겼다. 부정적인 생각과 감정을 긍정적으로 전환하는 노하우도 쌓았다.

　　자주 아픈 사람은 그만큼 불편하고 힘들지만, 인생에서 포기해야 할 것을 빨리 배운다는 장점도 있다. 소중한 사람과 중요한 일에만 집중할 수 있다. 작은 일에도 감사하고 그래서 쉽게 만족하며 행복하다. 나는 아픔과 동거하면서 물욕도 많이 사라졌다. 그러다 보니 일상생활에 큰 불만이 없다. 삶이 가벼워졌다.

　　이 글을 읽고 있는 당신 역시 한때의 나처럼, 아침에 눈 뜰 때마다 현재의 자신을 리셋하고 싶지만 어디서부터 어떻게 시작해야 할지 막막한 사람이 아닐까. 책을 써서 굳이 내 지난 아픈 사연을 공개하는 까닭은 다시 태어나지 않고도 삶을 바꾸는 방법이 있음을 알려 주고 싶어서다.

　　한 번뿐인 인생, 부실한 몸이라고 대충 포기하고 살기에는 너무 아깝다. 내가 바라는 나로 살고 싶다면 지금부터라도 몸과 마음의 힘을 꾸준히 키워야 한다. 다행히, 나를 고쳐 쓰는 일은 그리 어렵거나 거창하지 않다. 조금 더 일찍 잠자리에 들고, 하루에 5분만 시간을 내어 좋은 글을 베껴 쓰는 것처럼. 당신도 마음만 먹으면 충분히 시작할 수 있다. 우리, 골골 백세가 아니라 록 페스티벌 놀러 가는 할머니로 살자.

차례

추천사　　　　4

프롤로그_다시 태어나지 않고도 삶을 바꾸는 법　　7

1부 작아진 나를 키우는 연습

얼굴이 붉어서　　18

오백 번 팔 돌리기의 기적　　24

남친 대신 전완근을 얻다　　31

우선 큰 산부터 넘자　　38

'안 된다'는 실체 없는 믿음　　46

하다 보면 좋아지기도 하는 법　　53

버티면 비로소 알게 되는 것들　　60

세상에서 가장 센 사람이 된 기분　　68

두 발로 걷는 기쁨　　73

2부 사람은 고쳐 쓸 수 있으니까

한약, 아메리카노, 박카스   82

예민 보스는 자기를 아는 게 먼저   90

까다로운 육식주의자   97

좋은 것에는 언제나 시간과 노력이 든다   105

더하기보다 빼기   113

모르는 건 약이 아니라 병이다   120

무기 없이 싸우지 말 것   126

몸이 불편할수록 불편하게 살기   134

그날이 전혀 두렵지 않은 이유   143

피할 수 없다면 그래도 피해라   149

3부 긍정의 기운을 끌어모으는 습관

느리게 갈지언정 멈추지 않는다   156

잠 좀 많이 자면 어때서   163

하루 5분 필사가 내게 준 것들   170

취향도 기분도 내가 정하기 나름   176

방구석 뮤지컬 덕후   182

매일 화창할 순 없어도   189

몸도 마음도 가볍게 맨발 걷기   195

게으른 P의 시간 관리법   201

거절을 잘하는 편입니다   207

4부 완벽주의자 말고 완성주의자

맨날 아픈 사람도 결혼할 수 있을까   214

남의 시선보다 나의 편안함에 무게를 둔다   221

돈 주고도 살 수 없는 품격   228

함께 있으면 편안한 사람   233

다음 걸음으로 나아가게 하는 한마디   238

행복할 수밖에 없는 운명   245

인생은 재미만으로 완성되지 않으니까   251

하루아침에 할머니가 되고 느낀 점   257

복근과 뱃살의 사이좋은 동거   263

에필로그_록페 가는 할머니가 되고 싶어   271

처음으로 내가 '움직여야 사는 사람'임을 깨달았다.
근육통으로 며칠을 누워 있을지언정,
움츠릴 게 아니라 어깨를 활짝 펴고 움직여야
몸도 마음도 단단해진다는 것을.

1부

작아진 나를
키우는 연습

얼굴이 붉어서

한때 알싸한 마라탕 맛에 빠져 주 2회 이상 마라탕 집을 찾았다. 그때 손님 대부분이 교복을 입은 여학생들이란 걸 알고 놀란 적이 있다. 맵기도 하지만 이국적인 향 때문에 어른도 못 먹는 사람이 있는 마라탕을 한 그릇씩 앞에 두고 친구들과 수다를 떠는 아이들을 보니 귀엽고 신기했다. 그 뒤로 중고등학교 주변을 걷다 보면 마라탕 집이 꼭 눈에 띄었다. 요즘은 아이들 사이에서 마라탕이 떡볶이를 대신하고 있는 모양이다.

나 역시 학창 시절에 방과 후 떡볶이집으로 등교(?)했다고 해도 과언이 아닌데, 특히 내가 다녔던 고등학교 앞

골목은 떡볶이집 30여 개가 들어선 유명 '떡세권'이었다. 그중에서도 즉석 떡볶이를 전면에 내세운 '해피하우스'는 줄을 서야 들어갈 정도로 인기가 좋았다. 부루스타 위에 올린 납작한 전골냄비 속에는 야들야들한 밀 떡볶이가 들어 있었다. 센 불에 파르르 끓여서 떡 먼저 건져 먹고, 튀김 기름이 녹진하게 우러난 고추장 양념에 김과 참기름을 뿌려 밥까지 야무지게 볶아 먹었다. 날로 늘어나는 뱃살을 부여잡고 후회하다가도 '어차피 대학 가면 다 빠질 텐데 뭐'라며 간단히 무마했다.

인기 있는 맛집이 그렇듯 해피하우스도 규모가 작아 대여섯 테이블이 전부였다. 좁은 내부가 답답해 보이지 않게 벽 사방에는 거울이 붙어 있었다. 거울 덕분에 실내에 수십 명이 모여 있는 것 같은 착시 현상이 생겼다. 문을 열고 들어가면 달큼한 떡볶이 냄새가 공간을 점유했고, 여고생들의 떠들썩한 수다 소리로 언제나 활기가 넘쳤다.

그날도 수업 끝나고 단짝 친구 둘과 해피하우스로 향했다. 종례가 끝나자마자 부리나케 달려갔지만 가게 앞에는 이미 먼저 온 아이들이 삼삼오오 모여 있었다. 30분 가까이 밖에 서서 기다리다가 드디어 자리가 났다. 벌써 군침이 돌았다. 그런데 싱글벙글 웃고 있던 내 얼굴은 분식점 안으로 한 발을 내딛는 순간 굳어지고 말았다.

"미안한데 오늘은 너희끼리 먹을래?" 나는 황급히 등을 돌려 밖으로 빠져나왔다. "왜 그래 선영아." 나를 따라 나온 두 친구는 영문을 몰라 당황스러운 표정이었다. 나는 뭐라고 말해야 할지 몰라 머뭇거리다가 개미만큼 작은 목소리로 말했다. "나, 얼굴이 너무 빨개서……."

해피하우스 벽면 거울에는 온통 얼굴이 하얀 소녀들이 웃으며 떡볶이를 먹고 있는 모습이 비쳤다. 그 사이에서 풍선처럼 부은 내 얼굴은 유독 눈에 띄었고 다른 행성에서 온 외계인처럼 보였다. 나는 그들 속에 섞이면 안 될 존재 같았다.

어릴 적, 팔이나 목처럼 접히는 부위에 조금씩 흔적만 있던 아토피 증상은 고등학교에 올라가면서 심해졌다. 월경주기에 따라 증상이 달랐다. 어떤 날은 파충류의 허물 같은 각질이 입 주변에 너덜너덜 붙어 있었고, 어떤 날은 얼굴이 화끈거리면서 홍시처럼 붉었다. 심할 때는 목을 돌릴 때도 진물 난 피부가 찢어지지 않게 조심해야 했다.

그날은 얼굴이 빨간 날이었다. 얼굴 피부가 조이고 쓰라리긴 했지만 그 지경일 줄은 몰랐다. 아토피가 심해진 뒤로 집에서는 웬만해서 거울을 보지 않고 등도 잘 켜지 않았다. 환한 조명을 밝힌 해피하우스의 거울이 적나라하게 나를 비추며 탓하는 듯했다. '그 얼굴로 지금 떡볶이를 먹겠다고?'

아토피에 자극적인 음식이 좋을 리 없다. 매운 떡볶이에 기름진 튀김을 먹고 나면 필시 긁느라 밤새 잠을 못 자고 뒤척일 테고, 잠을 설치면 다음 날 상태가 더 나빠질 것이 뻔하다. 알지만 참기 힘들었다. 수업이 끝나고 야간 자율 학습을 시작하기 전에 잠깐 누리는 그 시간은 그 시절 행복의 전부라고 할 만큼 달콤했다. 맛있는 떡볶이와 단짝 친구 없이 지난한 수험생 생활을 어떻게 버티겠는가.

아픈 몸 때문에 또래들이 누리는 평범한 생활이 나에게는 욕심이 됐다. 늘 욕망과 싸우며 자제해야 했고 '왜 나만 이럴까'라는 억울함이 가시지 않았다. 부모님 모두 피부가 매끈하고 좋았다. 심지어 남동생은 사계절 로션을 바르지 않아도 언제나 하얗고 보송보송했다. 하루 종일 몸을 벅벅 긁어 대던 나는 집안에서도 돌연변이에 골칫덩이였다.

유전이 아니라면 이 병의 원인이 나한테 있는 건 아닐까. 내가 유독 몸에 해로운 음식을 좋아한다거나 그것을 절제하지 못한 죄. 피곤하다는 이유로 늘 늦잠을 자고 몸을 덜 움직인 죄. 과민한 신경으로 짜증을 잘 내고 소리를 지르며 우는 등 엄마 말대로 '성질머리가 더러워서' 이렇게 아픈 걸지도 모른다는 죄책감이 들었다.

고3이 되면서 상태는 더 나빠졌다. 나는 어깨에 담이 올 정도로 고개를 숙이고 다니는 아이가 되었다. 지금까지도 잊히지 않는 사건이 있다. 그 당시 '교련' 과목(아, 옛날 사람!)을 맡은 학생주임은 발소리만 들려도 모여 있던 아이들이 순식간에 흩어질 만큼 무서운 존재였다. 어느 날 교련 선생이 수업 중에 내 얼굴을 빤히 바라보더니, "얘, 너는 술 마셨니? 얼굴이 왜 그렇게 빨갛니?" 하면서 자기 딴에는 굉장히 재치가 있다는 식으로 농을 쳤다. 반 아이들은 아무도 웃지 않았고 나는 쉬는 시간 내내 엎드려 울었다.

다음 교시가 시작되기 직전, 나는 책가방도 그대로 둔 채 교문 밖으로 빠져나왔다. 생애 처음으로 땡땡이를 친 것이다. 지하철 3호선을 타고 종착역까지 갔지만 서러움은 쉽게 사그라들지 않았다. 분이 풀리지 않았던 나는 졸업식 날, 교련 교과서를 박박 찢어서 교무실 앞에 던져 버리는 소심한 복수를 했다.

열아홉의 나는 진지하게 이런 상상을 하기도 했다. 그럴 리 없겠지만, 신이 나에게 전지현의 이목구비와 몸매, 피부 중에 딱 하나만 갖게 해 준다고 하면 무엇을 선택할까. 1초도 망설이지 않고 매끈한 피부를 달라고 할 것이다. 붉고 거칠고 따갑거나 가렵지 않은, 더울 때는 자연스레 땀이 배출되고 로션을 바르면 촉촉해지는, 남들처럼 평범한 피부를 한 번만 가져 보는 것. 그것은 20년이 지난 지금도 이루어지지 않은 희망 사항으로 남아 있다. 물론 그때는 내가 이렇게까지 오래 고생할 줄 몰랐지만 말이다.

오백 번 팔 돌리기의 기적

저질 체력에 아토피로 몸과 마음이 상해 있던 나는 성인이 되면 아픈 몸을 리셋하고 새롭게 출발할 수 있다고 믿었다. 대학만 가면 하고 싶은 것을 다 해 보리라 결심했다. 그중 하나가 응원단이었다. 꿈은 이루어진다고, 무려 '응원단장'씩이나 했다. 얼굴이 붉다고 고개를 숙이고 다니던 소심한 내가 큰 용기를 낸 것이다.

미국 하이틴 드라마에 나오는 응원단의 이미지가 있다. 하얀 쫄티에 빨간 테니스 스커트, 양손에는 앙증맞은 수술을 들고 V.I.C.T.O.R.Y를 외치는 그 치어리더 말고, 나는 중세 시대 기사를 연상시키는 휘황찬란한 장식이 달린 차림새로 절도 있게 군무하는 응원단을 하고 싶었다. 풍차같이 휘돌아가는 팔, 창공을 찌르는 손끝, 좌중을 휘어잡는 카리스마, 여럿이 한 몸이 되어 순차적으로 착착착 뛰어올랐다가 동시에 착지하며 인간 파도를 타는 놀라운 모습을, 어릴 적 TV에서 처음 본 뒤로 줄곧 동경해 왔다.

마치 운명처럼, 내가 들어간 대학에는 과마다 응원단이 있었다. 보통은 대학을 대표하는 응원단이 오직 하나지만, 우리 학교는 원하면 누구나 응원 동아리에 가입해 활동할 수 있는 환경이었다. 나는 당연히 입학하자마자 응원단에 가입했다. 나의 대학 생활은 응원단이 전부였다고 해도 과언이 아닐 만큼 추억이 많다.

인문 캠퍼스의 과방은 본관 지하에 개미굴처럼 몰려 있었다. 과방 복도를 중심으로 양쪽에 국문학과, 경영학과, 영문학과 등이 다닥다닥 붙어 있고, 폭 2미터 남짓한 복도에는 늘 곰팡이와 담배 냄새가 뒤섞인 퀴퀴한 냄새가 났다. 응원단들의 땀 냄새까지 섞여 더 그랬는지도 모르겠다. 스마트폰이 없던 그 시절에 음악을 틀려면 전기가 필요했기에, 각 과 응원단들은 전부 콘센트가 있는 자기네 과방 앞 복도에서 동작을 연습했다. 너나 할 것 없이 CD 플레이어 볼륨을 최대치로 높이면, 파이팅 넘치는 음악들이 다투듯

복도를 울렸다. 음악 소리와 기합 소리가 뒤엉킨 복도에는 '청춘의 호르몬'이 넘실거렸다.

1988년 대학가요제에서 선보인 신해철의 〈그대에게〉의 인기는 내가 입학했던 2000년대 초반까지도 여전히 유효했다. 그의 〈라젠카〉 역시 장엄한 분위기 덕분에 응원단의 무대 입장 단골 곡이었다. 당시 유행곡이었던 코요테의 〈투게더〉, 캔의 〈가라 가라〉, DJ DOC의 〈뱃놀이〉, 체리필터의 〈낭만고양이〉, 서문탁의 〈처음〉 등이 대학 응원단의 선택을 받았다. 응원곡은 주로 빠른 템포로 경쾌하거나 아니면 아예 비장했다. 마치 무협 영화 속 무림 고수가 등장하는 장면처럼.

응원 동작은 일반적인 춤과 달랐다. 춤은 유연하지만 응원은 절도가 필요하다. 뻣뻣한 나에겐 응원이 더 잘 맞았다. 단원들과 한 몸처럼 동작이 맞을 때까지 반복해서 연습했다. 운동화 밑창이 닳도록 똑같은 동작을 되풀이했고 무릎을 꿇는 동작 때문에 양 무릎에는 늘 보라색 멍이 인장처럼 찍혀 있었다.

스텝이 어느 정도 되니 팔 동작 연습으로 넘어갔다. 두 팔을 양옆으로 곧게 펼쳐서 빠르게 돌리는 '풍차' 동작은 응원의 꽃이다. 응원단 선배는 펼친 양팔이 막대기로 연결

되어 고정돼 있다고 생각하라고 했다. 하지만 막상 팔을 돌리려니 생각처럼 쉽지 않았다. 두 팔이 따로 놀고 흐느적거렸다. 정말로 각목을 가져와 팔에 묶기라도 하고 싶은 심정이었다.

그날은 날씨가 좋아 야외 주차장으로 나가 연습했다. 선배가 어디선가 '돌돌이 전기선'을 구해 온 덕분에 별관에서 전기를 끌어올 수 있었다. 응원단장 선배는 내가 팔을 돌리는 꼴을 못마땅하게 지켜보더니 말했다, 아니 명령했다. "선영, 저기 까만 차 보이지? 창문 보고 서서 팔 오백 번만 돌리고 와."

콕 집어 보충 연습을 하라고 지목당한 나는 "선배 나 싫어하죠?"라고 말하고 싶었지만 그럴 수 없다. 자동차 앞에서 울상으로 팔을 돌리기 시작했다. 괜히 혼자만 뒤처지는 것 같고 다들 나만 보는 것처럼 느껴져 창피했다. 얼른 돌리고 끝내야지. 한참 삐거덕거리다가 서서히 느낌이 왔다. 핵심은 어깨였다. 어깨를 축으로 삼고 팔에는 힘을 빼는 것이다. 어깨를 돌리다 보면 원심력 때문에 팔이 선풍기 날개처럼 저절로 펼쳐졌다. 아주 빠르게 돌리면 손가락 끝으로 피가 몰려 저리기도 했다.

자, 나 자신을 거대한 선풍기라고 상상한다. 심장에서

는 뜨거운 엔진이 헐떡거리며 돌아간다. 동력을 받은 어깨가 마구마구 회전한다. 팔이 휘휘 바람 소리를 낸다. 너무 빨라서 멈춰지지 않는다. 이대로 하늘로 날아갈 것만 같다!

훈련 과정이 고되어도 여럿이 함께하니 서로 다독여 주며 나아갔다. 주말도 잊을 만큼 연습에 집중했다. 집에 갈 때는 한 발자국 뗄 힘조차 없어 택시를 잡아 타야 했지만 말이다.

신기하게도 응원단 활동을 하는 동안 내 몸이 차츰 달라졌다. 발바닥 아토피는 완치가 됐다. 거북이 등처럼 갈라져 터지고 피가 나는 발바닥 때문에 중고교 시절 내내 팬티 스타킹 발목 부분을 자르고 면양말을 신던 나였다. 응원단을 하면서 아주 어릴 때의 매끈하고 평범한 발바닥을 되찾았다. 얼굴도 목도 자세히 보지 않으면 모를 정도로 나아졌다. 자신감이 없어서 사람 얼굴도 똑바로 보지 못했던 내가 응원단장이 되어 수백 명의 관중이 보는 무대에서 호루라기를 불며 박수를 유도했다.

힘찬 동작을 하면서 내 억울함, 우울, 분노가 몸 밖으로 뿜어져 나온 것일까. 실제로 응원 연습을 하는 내 몸에서는 언제나 끓는 물처럼 펄펄 김이 났다. 동작을 완성하는 과정에 푹 빠져서 다른 것은 보이지 않았다. 연습을 꾸준히 하니 실력도 늘었다. 점점 동작이 능숙해지면서 '나도 마음 먹으면 할 수 있구나' 하는 자기효능감을 느꼈다.

그때 처음으로 내가 '움직여야 사는 사람'임을 깨달았던 것 같다. 피곤해서 입술이 부르트고 근육통으로 며칠을 누워 있을지언정, 움츠릴 게 아니라 어깨를 활짝 펴고 움직여야 몸도 마음도 단단해진다는 것을. 몸을 움직이고 동작에 몰입하는 순간에는 아픔에서 빠져나올 수 있었다. 반면 컨디션이 안 좋다고, 내 모습이 남들 보기에 부끄럽다고 집에서 꼼짝하지 않고 있으면 부정적인 생각들이 머릿속에 차올랐다. 그건 내 숨을 가쁘게 하는 독소였다. 몸뿐만 아니라 마음을 해치는 치명적인 독소. 해독하는 방법은 오직 몸을 움직이는 것뿐이었다.

평일, 주말 할 것 없이 학교에서 땀을 흘리며 몸을 움직이는 생활을 3년간 이어 갔다. 교내 응원제에서 내가 이끄는 응원단이 대상을 받았을 때는 눈물이 멈추지 않았다. 지난 서러움을 모두 씻어 내고 새로 태어난 기분이었다.

그렇게 해피엔딩으로 끝났으면 좋았으련만, 인생은 단막극이 아니다. 삶은 계속되므로 아토피도 호전과 악화를 반복하며 지금까지 나와 동거하고 있다. 요즘도 과하게 스트레스를 받거나 식생활에 신경을 덜 쓰면 상태가 안 좋아지기도 한다. 과거와 달라진 점이 있다면 이제는 누구도 원망하지 않는다는 것. 그동안 나는 인제든 다시 회복할 수 있는 마음의 힘을 키웠다. 원망하고 서러워할 시간을 아껴 나를 사랑하고 돌볼 줄 아는 사람이 되었다.

남친 대신 전완근을 얻다

　본격적으로 운동을 한 건 20대 중반이 넘어갈 즈음이었다. 대학 시절 응원단 활동에 전력을 다했으나 졸업하니 계속할 수 없었다. 직업으로 삼고 싶을 만큼 응원단은 매력적이었지만, 사실 나는 알고 있었다. 체력도 체력이지만 내 운동신경이 형편없다는 것을. 지금은 다르다. 10년 넘게 종류를 바꿔 가며 일상에서 운동 루틴을 빼놓지 않자, 내 나이대에서 뒤지지 않는 제법 괜찮은 운동신경을 갖게 되었다.

　체력도 운동신경도 부족하고 등산이라고는 어릴 적 아빠 따라다닌 게 전부였던 내가 등산 동호회에 가입한 이유는 따로 있었다. 잿밥에 관심이 있던 것이다. 연애를 하고 싶었는데 소개팅과 동호회 중에 자연스러운 만남이 낫겠다 싶었다(물론 소개팅도 했다). 운동 동호회에서 활동하는 사람이라면 자기 관리를 잘하는 사람일 것이란 계산도 있었다.

'2030 등산 동호회'에 들어갔는데 말이 2030이지, 막상 산에 오는 사람들은 대부분 40대 남성이었다. 지금이야 함께 나이 들어 가는 처지지만, 당시 20대 중반이었던 나는 '아재'들과 어울리기가 괜히 자존심 상하고 불편했다. 그럼에도 등산계의 샛별(?) 귀여운 '막둥이'였던 나는 산만 탄 것이 아니라 N번의 썸을 타기도 했다. 그러던 중 남자 친구보다 훨씬 더 치명적인 상대에 빠지고 말았는데, 바로 클라이밍이다. 함께 산을 타던 멤버 중 몇몇이 인공 암벽 등반 소모임을 운영하고 있었다. 호기심에 따라갔다가 벽 타는 맛을 제대로 알아 버렸다.

클라이밍에는 다채로운 매력이 있지만 나를 빠져들게 한 가장 큰 묘미는 눈에 보이는 성취감이다. 정해진 루트를 따라 중력을 거슬러 오르다 보면 멀게만 느껴졌던 정상이 손에 잡힐 듯 가까워진다. 팔이 빠질 듯한 통증과 '도저히 못 버티겠는데 포기할까' 싶은 충동을 어르고 달래며 위로 위로 나아간다. 있는 힘껏 마지막 홀드를 터치하는 그 순간이 어찌나 짜릿한지. "완등!" 하고 외치면 아래에서 로프를 잡고 있던 빌레이어가 줄을 느슨하게 풀어서 내려 주는데, 허공을 가르며 낙하할 때는 속세를 벗어던진 타잔이라도 된 기분이었다. 그 쾌감에 사로잡혀 한동안 퇴근 후 왕복 세 시간을 투자해 뚝섬 인공 암벽장을 오가기도 했다.

암벽화는 발레리나의 토슈즈처럼 발에 밀착해서 신는다. 바위나 돌멩이 모양의 홀드를 발끝으로 디뎌야 힘을 안정적으로 받기 때문이다. 터질 듯한 신발에 발가락을 겨우 욱여넣고 홀드 위에 서면 이내 참을 수 없는 고통에 몸부림쳤다. 처음엔 3분 이상 신고 있기가 힘들었다. 신발을 벗어던졌다가 불이 난 발가락이 좀 진정되면 다시 벽에 오르기를 반복. 조이는 신발에 익숙해지기까지 한 달 이상이 걸렸다.

발가락만 아프다고 생각하면 오산이다. 초보자는 벽에서 떨어지지 않으려고 홀드를 본능적으로 세게 움켜잡게 된다. 곧 팔뚝에 '펌핑' 증세가 온다. 손목 위부터 팔이 접히는 부분까지 전완근이 돌처럼 딱딱하게 굳어서 마비되면 손가락이 잘 움직여지지 않는다. 분명 팔인데 '무다리'같이 퉁퉁해진다. 진정한 고통은 다음 날 찾아왔다. 양치하려고 칫솔을 들면 손이 벌벌 떨렸고, 젓가락질하기가 힘들어 포크로 반찬을 찍어 먹기도 했다.

그뿐인가. 거친 홀드에 닿은 손바닥은 표피가 벗겨지

고 물집이 생겨 부풀어 오른다. 까딱해서 살점이 떨어져 나가면 진심으로 짜증이 났는데, 아파서가 아니라 그 재미있는 클라이밍을 일주일은 쉬어야 했기 때문이다.

이 처절한 과정을 버티지 못하면 클라이밍의 세계로 들어가지 못한다. 두어 달쯤 견디다 보면 손바닥에는 물집이 사라지고 굳은살이 박인다. 섬섬옥수 고왔던 손이 굳은살로 점점 울퉁불퉁해져도 나는 기쁘기만 했다. 클라이머에게 굳은살은 훈장과도 같다. 그만큼 연습을 많이 했다는 증거니까. 하지만 굳은살이 너무 두껍게 쌓이면 멀쩡한 살점과 함께 떨어져 나가기도 하니 주기적으로 사포로 문질러서 없애 줘야 한다.

이 정도 열정과 훈련 양이면 엄청난 고수가 될 법도 한데 현실은 3년이 지나도 초보 자리에 머물렀다. 해도 해도 늘지 않는 표본이 있다면 바로 나 아닐까. 요령과 기술을 익혀 처음처럼 힘들진 않아도, 근력과 지구력이 부족하니 레벨이 올라가지 않았다. 원래 몸에 근육이 잘 붙지 않는 체질이기도 하거니와, 조금만 과하게 운동하면 몸살이 나 버렸다. 그러고 나면 회복하느라 쉬어야 하니 늘 제자리걸음이었다. 근력도 누적이 되어야 하는데, 모래성처럼 쌓으면 허물어지고 쌓으면 허물어지는 안타까운 몸이었다.

한번은 암장에서 또래 여자아이와 친해졌는데, 그 친구는 경사가 있는 벽도 능숙하게 탈 만큼 실력이 월등했다. 얼마나 오래 훈련해야 그 정도가 되는지 궁금해서 물었더니, 시작한 지 이제 세 달 됐다고 했다. 3년을 죽어라 한 나보다 3개월 배운 친구가 더 잘하는 것을 보고 어이가 없어서 헛웃음이 나왔다.

그렇게 힘들고 속상해도 전혀 문제 되지 않았던 건 클라이밍이 너무 재미있어서다. 자려고 눈을 감으면 머릿속에는 알록달록한 물체들이 떠다녔다. 빨강, 파랑, 노랑, 초록 홀드들 사이에서 나는 그것들을 어떤 순서로 타고 올라갈지 머리를 굴리고 있었다. 마치 '당구 중독자'처럼. 하지만 얼른 잠을 자려고 노력했다. 빨리 자야 내일이 오고, 내일이 와야 운동하러 가니까. 살다 살다 운동하고 싶어서 설레는 날이 올 줄 누가 알았을까.

사람들은 운동을 꾸준히 하는 게 중요하다는 걸 알지만 실천하기가 어렵다고 말한다. 나 역시 예전에는 그 말에 동의했는데, 클라이밍을 한 뒤로 생각이 바뀌었다. 그런 말을 하는 사람은 아직 자기 운동을 찾지 못한 것이다. 운동이 나와 맞지 않고 재미가 없다면 당연히 오래 하기 힘들다. 그렇다면 나와 잘 맞는 운동을 어떻게 찾을까? 좋은 사람을 만나려면 다양한 인간 군상을 겪어 봐야 하듯, 언뜻 나와 관계가 없어 보이더라도 여러 운동을 시도하고 겪어 봐야 하지 않을까.

물론 어떤 운동이든 초반 적응 시기에는 입문자의 고통이 따른다. 그럼에도 그 고통까지 감수할 만큼 나를 사로잡는 운동이 분명히 있다. "알면 사랑하게 된다"라는 최재천 선생의 말처럼, 우선 나에게 맞는 운동을 제대로 알아보는 시간이 필요하다. 한두 번만으로는 알기 어렵다. 최소 3개월, 기왕이면 6개월 이상은 꾸준히 해 봐야 매력을 발견할 수 있다. 또 그렇게 운동의 재미를 한번 알아 버리면 다른 운동에도 기꺼이 기웃기웃하게 된다. '좋은 거보다 더 좋은 거!'가 있을지도 모르니. 20대 중반, 나는 그렇게 '생활체육인'의 삶을 시작했다.

지금은 주변에 함께할 동지가 없어 클라이밍을 쉬고 있지만, 언제든 기회가 생기면 신발장 속 암벽화를 다시 꺼내 신을 것이다. 첫사랑을 어찌 쉽게 잊겠는가.

운동 버킷 리스트

자신이 운동을 못하거나 싫어하는 사람이라고 생각한다면, 아직 나에게 맞는 인생 운동을 찾지 못했을 뿐이다. 언젠가 도전해 보고 싶은 종목에 체크해 보자.

☐ 달리기	☐ 등산	☐ 클라이밍
☐ 헬스	☐ 크로스핏	☐ 복싱
☐ 테니스	☐ 배드민턴	☐ 탁구
☐ 골프	☐ 검도	☐ 스키
☐ 발레	☐ 요가	☐ 플라잉 요가
☐ 필라테스	☐ 줌바 댄스	☐ 수영
☐ 서핑	☐ 수상스키	☐ 프리다이빙

우선 큰 산부터 넘자

클라이밍에 빠지기 전까지는 산에 자주 올랐다. 주말에는 등산 동호회에서 지방 산행을 떠났는데, 가을이 오면 억새를 보러 유명산으로, 단풍 구경을 하러 속리산으로 향했다. 폭설이 내렸던 어느 겨울엔가 지리산에서 마주한 상고대는 지금도 잊지 못한다. 엘사의 눈부신 겨울왕국이 그곳에 있었다.

지방 산행은 쉬이 볼 수 없는 절경을 선사하지만 그만큼 나에게 무리한 체력을 요구했다. 등산 동호회의 고속버스 집합 시간은 보통 새벽 6시였다. 아침잠이 많고 오전 컨디션이 늘 저조한 나는 "끄악!" 괴성과 기합의 중간쯤 되는 소리를 지르며 그야말로 '초인의 힘'을 발휘해 무거운 몸을 일으켜야 했다. 등에 짊어진 36리터짜리 등산배낭은 엄마가 새벽부터 말아 준 김밥 도시락, 튀김 우동 컵라면과 보온병, 초콜릿, 귤, 핫팩, 추울 때 꺼내 입을 패딩 내피, 구급약품 등으로 불룩하다 못해 터질 지경이었다. 가방 양옆 주머니에는 다리의 피로를 덜어 줄 등산 스틱이 더듬이처럼 꽂혀 있었다.

그 차림새로 뒤뚱거리며 신도림역 출구로 나가면 도로 옆으로 빨간 고속버스들이 줄지어 대기하고 있었다. 히터를 틀어 놓은 버스 안은 따뜻했고, 옆 사람과 도란도란 수다를 떨다 보면 눈꺼풀이 점점 무거워졌다. 눈을 떠 보니 어느새 지리산 입구. 출발 전에 간단히 아침을 먹자며 고속버스 주차장에 삼삼오오 쪼그려 앉아 김이 모락모락 나는 북엇국을 호호 불며 밥을 말아 먹었다. 입에서는 하얀 김이 나왔다.

버스로 지리산 중턱까지 올랐지만, 그래도 정상을 찍고 내려오려면 네다섯 시간은 걸리는 코스였다. 우선 등산화에 아이젠을 장착하는 것부터 일이다. 눈을 밟고 미끄러지지 말라고 신발에 채우는 체인처럼 생긴 장비인데, 탄력이 강한 고무밴드라 웬만한 힘으로는 잘 늘어나지 않는다.

안간힘을 쓰며 양쪽 등산화에 겨우 고정하고 나면 벌써 진이 빠졌다.

아무리 아이젠을 착용해도 발이 푹푹 들어가는 눈길을, 그것도 오르막을 걷기란 쉽지 않다. 마치 찐득한 갯벌 위를 걷는 것처럼 한발 한발 내딛기가 버거웠다. 게다가 등에는 거대한 배낭까지 짊어 메고 있었으니. 20분이나 걸었을까. 등줄기에 땀이 흘렀다. 등산 재킷을 벗어 허리에 둘렀다. 몸에서는 열이 났고 얼굴은 얼얼했다. 된바람을 맞은 양 볼은 시리다 못해 아렸고 콧속에 물탱크가 숨어 있는 것처럼 콧물이 끊임없이 흘렀다.

한 시간쯤 지나면 몸이 풀려 걷기는 한결 낫지만 '주저앉고 싶다'는 생각이 머릿속을 지배한다. 나는 도대체 무슨 부귀영화를 누리려고 새벽 5시부터 일어나 산을 오르고 있나. 다른 사람들은 괜찮은가. 왜 아무도 쉴 생각을 안 하지. 속으로 구시렁대며 마지못해 발길을 옮겼다. 체력이 달리는 나는 금방 선두에서 후미로 뒤처졌는데, 일행에서 혼자 너무 떨어지면 안 되니 안간힘을 쓰며 뒤쫓았다. 자꾸 앉아서 쉬면 힘이 더 풀린다는 것을 나도 알고는 있었다.

몇 번의 후회와 몇 번의 다독임 끝에 마침내 노고단 정상에 다다른 순간, 말도 안 되는 광경이 펼쳐졌다. 천국으로 가는 계단 끝에 서 있는 걸까. 산꼭대기에 끝이 보이지 않는 너른 평야가 존재하다니, 눈앞에 있는데도 믿기지 않았다. 보이는 건 온통 하얀 눈밭과 파란 하늘뿐. 그 와중에 알록달록 등산복을 차려입은 우리 일행은 마치 작은 요정들(?) 같았다. 소복하게 눈이 덮인 나뭇가지들이 지중해 산호처럼 반짝였다.

상고대는 운이 좋아야만 볼 수 있다. 눈이 내린 지 얼마 안 되어야 하고, 흩날리는 싸라기눈이 아니라 소복하게 쌓이는 함박눈이어야 한다. 볕이 너무 강하면 녹아 버리고, 그렇다고 볕이 전혀 들지 않으면 설탕 가루처럼 반짝이는 눈의 결정을 볼 수 없다. 기온은 차고 적절한 햇빛이 눈 입자를 반사해 주어야 아름다운 상고대가 만들어진다. 다행히 우리는 운이 좋았다.

'두 번은 다시 못 올' 천국을 누비며 정신없이 사진을 찍어 댔다. 풍경을 제대로 담아내지 못하는 카메라를 탓하면서도 얼굴은 내내 웃고 있었다. 찬바람을 반찬 삼아 먹는 컵라면 맛은 또 얼마나 기가 막히던지. 구첩반상이 부럽지 않았다.

행복도 잠시, 천국을 열람한 대가는 톡톡히 치러야 했다. 올라온 만큼 내려가야 했으니. 나는 하산을 더 힘들어

했는데, 미끄러질까 봐 조마조마 긴장한 탓도 있겠지만 이미 올라오면서 체력을 80퍼센트 이상 소진했기 때문이다. 무릎이 덜덜 떨리고 휘청거릴 때는 누가 업어 줬으면 좋겠다고 생각했다. 아니, 헬기가 와서 구조해 줬으면. 말도 안 되는 일이다. 내가 저지른 일은 내가 끝내야 한다.

다섯 시간 넘게 산행하고 땅을 밟으면 내 다리가 아닌 것 같았다. 발바닥은 화끈거리고 허벅지는 욱신거렸다. 집으로 돌아가는 길에 편의점에 들러 '설레임' 아이스크림을 두 개 샀다. 우선 얼음을 가득 부은 대야에 두 발바닥을 식혀 준 다음, 이불에 누워 설레임을 양 무릎에 올려 두었다. 얼음찜질 대용으로 동호회 사람이 알려 준 비법인데 확실히 다음 날 무릎 통증이 덜하다. 찜질이 끝나고 나면 적당히 녹아 먹기 좋은 설레임을 입으로 가져간다. 소년에게 아낌없이 주는 나무가 있다면 등산 동호인에게는 설레임이 있달까.

지방 산행 다음 날은 어김없이 코밑이나 입술 옆에 구순 포진이 올라와 물집이 잡혔다. 면역력이 떨어지면 몸속에 숨어 있던 헤르페스 바이러스가 활동하는데, 새벽부터 일어나 종일 치른 산행이 무리가 된 모양이다. 포진이 한 번 생기면 2주 내내 연고를 발라 줘야 하고 감염에도 유의

해야 한다. 몸살이 난 것처럼 열이 나고 근육통도 앓았다. 그런 고생을 치를 때마다 내 체력을 생각지 않고 너무 무리한 것이 후회도 되었지만, 기억력이 나쁜 사람처럼 다음에 또 산을 찾았다.

등산은 하면 할수록 묘한 매력이 있다. 포기하고 싶은 마음과 더 가 보자는 마음이 끈질기게 다투는 것, 그것이 어떻게든 살아 내야 하는 인생 같다고도 느꼈다. 힘들다고 도중에 포기할 수는 없으니까. 나는 삶을 포기하지 않는 것처럼 산도 포기하지 않았다. 그런데 산을 포기하지 않으니 삶이 점점 수월해지는 것이 아닌가.

큰 산을 일단 넘어 버리면 작은 산은 가뿐해진다는 이야기다. 등산 커뮤니티에 매주 수요일마다 '남산 야등(야간 등반)' 공지가 올라오면 참여하겠다고 댓글을 달았다. 회사 일을 얼른 마무리하고 4호선 명동역까지 지하철을 타고 가면, 출구 앞에 퇴근한 직장인들 대여섯이 운동화 차림으로 서 있었다. 늦은 저녁 우리가 집으로 가지 않고 모인 목적은 단 하나, 남산 왕복. 평일 야등은 뒤풀이도 없다. 간단한 인사만 나누고 리더를 따라 바로 출발했다.

남산은 정상까지 다녀오는 데 빠른 걸음으로 한 시간 반이면 충분하다. 운동 삼아 체력을 기르기 딱 좋은 코스.

딱딱한 등산화나 묵직한 등산배낭도 필요 없다. 생수 한 병만 달랑 들고 잘 닦인 산책로와 계단을 오르다 보면 금방 N타워가 모습을 드러낸다. 예전에는 남산 정상에 오르는 계단 길이 하도 가파르고 끝도 없이 이어져 '지옥의 계단'처럼 느껴졌는데, 지리산을 다녀오고 달라졌다. 남산 정도는 가벼운 몸풀기가 된 것이다. '남산, 까짓것 후다닥 올라갔다 오지 뭐'라고 가볍게 여기는 내 모습이 낯설면서도 꽤 마음에 들었다. 산은 예나 지금이나 그대로인데 체력이 달라지자 마음가짐도 달라졌다.

온종일 사무실에서 구부정한 자세로 글을 쓰다가 야간 등산을 다녀오면 아로마 마사지를 받은 듯 몸이 부드럽게 풀리고 잠도 푹 잤다. 잠시나마 남산 꼭대기에서 서울 야경을 내려다보며 내가 아름다운 도시에 살고 있다는 사실을 새삼 깨닫기도 했다. 부대끼며 살 때는 몰랐지만 거리를 두자 보이는 것들이 있었다. 모두가 나름의 고충이 있고 그럼에도 하루를 살아 낸다고. 밤늦도록 불을 밝힌 도시 야경은 그래서 아름다우면서도 서글펐다. 그곳엔 나처럼 자주 아픈 사람들도 틀림없이 있을 테니까. 그런 생각을 하노라면, 나만의 고통에 매몰되어 살다가 주변을 돌아보는 어른이 된 기분도 들었다.

큰 산은 버겁다고 피하기만 하면 작은 산을 오를 때마다 아등바등하게 된다. 그러니 큰 산도 부딪쳐 봐야 한다. 아니, 큰 산일수록 먼저 넘는 것도 괜찮다. 그러고 나면 '마녀 체력'까지는 아니어도 다부진 몸과 산처럼 넉넉한 가슴을 가진 나를 발견할 테니까.

'안 된다'는 실체 없는 믿음

한동안 아쉬탕가 요가에 열정을 부었다. 요가는 다 정적인 줄만 알았는데 신세계였다. 아쉬탕가를 한 시간 수련하고 나면 습식 사우나에 들어갔다 나온 것처럼 온몸에서 땀이 쏟아졌다. 땀이야 운동이 되었단 뜻이고 씻으면 그만이지만 참기 힘든 건 근육통이다. '며칠만 지나면 익숙해지겠지?' 하는 추측은 틀렸다. 몇 달이 지나도 똑같았다. 아쉬탕가는 할 때마다 아프다.

돌이켜 보니 내가 좋아하는 운동이 대개 그랬다. 클라이밍을 열심히 했던 3년 동안은 운동한 다음 날이면 누구한테 흠씬 두들겨 맞은 듯 근육통에 시달렸다. 벽에 매달려 있을 땐 집중하느라 잘 몰랐는데 팔뚝, 엉덩이, 옆구리 갈비뼈 한 줄 한 줄까지 욱신거렸다. 그리고 나면 질려서 며칠간 운동을 쉬기도 했다. 문득 한 의사 유튜버의 말이 떠오른다. "여러분, 살 뺀다고 러닝머신에서 30분 뛰고 상쾌하다며 뿌듯해하시죠? 그건 운동이 아니라 산책이에요. 살 빼려면 상쾌하면 안 돼요. 숨도 못 쉬게 고통스러워야 합니다."

살 빼려고 한 운동은 아니었지만 그동안 제법 제대로 했다는 생각이 든다. 나는 고통의 한계를 시험하는 운동들에 자꾸만 끌렸다. 꾸준히 하다 보면 적어도 버티는 힘이 키워질 테고, 그렇게 다져진 몸과 마음은 힘든 상황이 와도 쉽게 무너지지 않을 테니까.

육상 선수 출신의 물리학 박사인 알렉스 허친슨이 쓴 《인듀어》다산초당, 2018에는 자신을 한계까지 몰아붙인 사람들의 이야기가 나온다. 육상 선수, 극지 탐험가, 프리다이버 등의 사례를 들어 '지구력을 키우려면 통증을 참아야 한다'고 주장한다. 책에 나온 몇 가지 재미있는 실험을 소개하자면, 운동선수들은 얼음물에 손을 넣고 일반인보다 두 배 이상 오래 버텼다고 한다. 한겨울 싱크대에서 상추만 씻어도 손가락이 떨어져 나갈 것 같은데, 그들은 무통 주사라도 몸에 달고 태어나는 건가. 어떻게 참고 버티는 걸까. 운동이란 어쩌면 '고통을 견디는 일'인지도 모르겠다.

책에 따르면 그 비결은 운동 '강도'에 있다고 한다. 쉬운 훈련을 백 번 하는 것보다 간헐적으로라도 고난도 훈련을 해야 고통을 더 잘 참게 된다는 것이다. 그러니까 '꾸준히'만으로는 실력이 느는 데 한계가 있다. 임계점을 뛰어넘는 경험이 동반되어야 한다. 내가 운동을 해도 해도 잘 늘지 않았던 이유가 이것 아닐까. 나는 '꾸준히'는 가능하지만 고강도 운동을 하면 안 되는 몸이다. 무리하면 어김없이 탈이 나고 회복이 느린 편이라 운동할 때도 자주 몸을 사리곤 했다.

심리적 장벽 이야기도 흥미롭다. 마라톤을 비롯한 많은 스포츠 경기에서 '인간의 한계'라고 여겼던 기록이 있다. 예를 들어 100미터 달리기 10초의 벽이 그것인데, 누군가 그 기록을 깨면 가까운 시일 내에 다른 선수들이 연달아 그 기록을 달성한다고 한다. 저자는 잠재력을 가로막았던 정신적 장애물이 사라졌기 때문이라고 분석한다. 즉, 신체적 한계나 고통의 '양'이 문제가 아니라, 그것을 어떻게 '해석'하느냐가 중요한 셈이다.

나에게도 심리적 장벽을 무너뜨린 경험이 있다. 아쉬탕가 동작은 정해진 순서가 있는데, 가장 기본인 프라이머리 시리즈를 반만 하는 데도 한 시간은 족히 걸린다. 2년 넘게 수련했지만 나는 하프 시리즈의 동작도 제대로 완성하지 못했다. 특히 '시르시아사나(머리 서기)'를 할 순서가 다가오면 가슴이 방망이질 쳤다. '오늘도 또 안 되겠지' '분명 쓰러질 거야' 하는 불길한 예감이 자연스레 따라붙었다. 머리를 요가 매트에 박은 채 애처로운 발끝만 콩콩 굴렀다. 역시나 될 리가 없다. 한 번 과감하게 시도했다가 앞으로 고꾸라진 적이 있었기에 겁이 더 많아졌다. 속상했다. 요가에 진심인 사람으로서 거꾸로 서는 기쁨을 꼭 한 번은 맛보고 싶었다.

　그러던 어느 날, 거실 소파에 누워 소셜 미디어를 넘겨보다가 나와 비슷한 시기에 요가를 배우던 친구가 올린 동영상을 발견했다. 매트에 정수리를 대더니 가뿐하게 다리를 들어 올려 머리 서기에 성공하는 장면이었다. 우아하고 아름다웠다. 이런, 질투가 꿈틀댔다.

　'나라고 왜 안 되겠어?' 오기가 생겨 갑자기 매트도 깔지 않은 채 거실 바닥에 정수리를 대고 자세를 잡았다. 양손으로 뒤통수를 야무지게 받치고 엎드린 자세에서 엉덩이를 천장을 향해 끌어올린다. 날개뼈를 양쪽으로 벌리고 복부에 힘을 준다. 이마 쪽으로 발끝을 세워 걸어오는데 웬걸, 갑자기 다리가 가벼워지더니 하늘로 붕-하고 올라가는 게 아닌가. 너무 가볍게, 마치 누가 들어 올리기나 한 듯 다리가 올라가서 당황스러울 정도였다.

당연히 안 된다고 선을 그었던 동작이 마음가짐만 바꾸었을 뿐인데 된다. '오늘도 안 되겠지'와 '나라고 안 되겠어?'의 차이는 강력했다. 마치 그동안 안 아픈 사람이 꾀병을 부린 것처럼, 할 줄 아는데 안 한 사람이 되어 버렸다. 내가 요가를 하면서 배운 것은 대개 이런 것들이다. 아주 조금씩 진척된다. 처음에는 보이지 않아도, 차이가 없는 것 같아도 차곡차곡 쌓인 시간은 반드시 보상한다. '꾸준히 하면 된다'는 말을 운동하기 전에도 모르지 않았다. 다만 그것을 머리로만 이해하는 것과 몸으로 통과하여 깨닫는 일은 다른 차원이었다.

어릴 적 엄마가 많이 업어 준 기억도 없는데 내 두 다리는 O자 형으로 휘었다. 미관상 예쁘지 않은 것보다 요가 동작이 잘 안 되어서 속상한 마음이 컸다. 한 다리로 균형을 잡고 서기가 힘들었다. 아무래도 쭉 뻗은 다리보다 안정적이지 못할 테니까. 한 다리로 서는 동작을 할 때마다 비틀거렸던 나는 체형의 한계라고 체념했다. 하지만 다른 운동들을 하면서 코어가 단단해지자 점점 흔들림이 줄었다. 다리로만 지탱하는 게 아니라 몸을 꼿꼿하게 세우는 속 근육의 힘도 필요했다. 언제나 요가는 내가 틀렸다고 알려 준다. 요가를 하며 겸손해질 수밖에 없는 까닭이다.

스노우폭스 김승호 회장은 《사장학개론》스노우폭스북스, 2023, 53쪽에서 "실패하면 마음이 작아지는데 작아진 마음은 몸으로 키우는 것이다"라고 했다. 그래서 어떤 실패를 해도 다시 걸을 수만 있다면 다시 시작할 수 있다고. 아쉬탕가를 하면서 나는 회복탄력성을 키웠다. 몸이 아프면 잠시 쉬었다가 다시 했다. 실력을 높이겠다고 욕심만 부리지 않으면 얼마든지 지속할 수 있다. 안 되는 동작은 다시 하면 되고, 다시 해도 안 되면 또다시 하면 되었다. 그래도 끝끝내 안 된다고 해도 내가 잃을 것은 별로 없었다. 그 순간을 충분히 즐겼기에.

지금은 아쉬탕가를 겨울에만 한다. 한여름에 수련하면서 땀을 너무 많이 쏟는 바람에 아토피가 심해진 적이 있다. 한동안 진물이 나서 수습하는 데 애를 먹었다. 당시에는 아쉬탕가가 너무 재미있었으니 억울했다. "요가에 빠진

게 죄는 아니잖아!"라고 외치고 싶었다. 한 번씩 이렇게 몸 상태 때문에 제동이 걸릴 때면 운동을 마음껏 해도 탈이 나지 않는 건강한 사람들이 부럽다. 그들은 그렇게까지 운동해야 할 이유를 못 느끼겠지만 말이다.

하다 보면 좋아지기도 하는 법

"돼지 국밥이 원래 이렇게 맛있는 음식이었어?"

땀으로 범벅이 된 이마를 훔치며 나는 연신 감탄했다. 남편은 그것 보라는 듯 씩 웃으며 숟가락질에 집중했다. 전통 시장 안에 숨어 있는 맛집, 20년 역사의 돼지 국밥집은 분위기부터 남달랐다. 출입문 앞 커다란 솥에는 육수가 바글바글 끓었고, 주문이 들어오면 뚝배기에 공기밥을 담아 데워 주는 '토렴식' 국밥이었다. 국물 맛을 보증하듯 대낮부터 테이블마다 빈 소주병이 두어 개씩 놓여 있었다.

메뉴는 오직 돼지 국밥 하나. '남자 국밥'과 '여자 국밥' 중에서 선택할 수 있는데 남자 국밥은 비계와 내장이 많이 들어가고 여자 국밥은 살코기 위주란다. 그렇다면 나는 당연히 남자 국밥! 현명한 선택이었다. 부산에서 밍밍한 돼지 국밥을 먹고 실망한 적이 있는데 만회하고도 남을 맛이었다. 돼지 국밥의 재발견이라고 할까.

아니, 어쩌면 '달리기의 재발견'이라고 이름 붙여야 할지도 모른다. 30분 동안 쉬지 않고 달려서 도착한 곳이 바로 그 국밥집이었으니. 만약 족발집이나 횟집을 갔어도 인생 맛집으로 등극했을 것이다. 마침내 국밥집에 들어섰을 때 온몸은 열기로 후끈후끈하고 얼굴은 군고구마처럼 달아올랐다. 덥고 땀이 나는데 뜨거운 국밥을 먹으려고 하니 처음에는 내키지 않았다. 하지만 국밥이 나올 때쯤에는 다행히 땀이 식어 방금 목욕탕 문을 열고 나온 것처럼 개운한 기분이었고, 뱃속에서는 거지들이 꽹과리를 치며 어서 음식을 집어넣으라고 아우성쳤다. 그 환상적인 타이밍에 목울대를 타고 넘어가는 구수하고 감칠맛 나는 국물은 맛이 없기가 힘들 것이다.

남편은 원래 유산소 운동을 좋아했다. 20대 때는 취미로 마라톤과 자전거를 즐겼다고 한다. 그래서 자신의 허벅지가 단단하다며 자부심이 넘쳤는데, 그때마다 나는 "너무 십 년 전 얘기 아니야?" 하며 콧방귀를 끼곤 했다. 하지만 운동은 그 사람의 역사인 법, 어떻게든 흔적을 남기는 모양이다. 집 앞에서부터 전통 시장까지 달리기로 하고 함께 출발했는데 얼마 못 가 헉헉거리는 나와 달리 남편은 가뿐했다. 나는 제리를 쫓는 톰처럼 그를 추격하는 모양새로 내내 달렸다.

고비도 있었다. 오르막길을 달릴 때는 양쪽 발목에 모래주머니를 매단 것처럼 발을 떼기가 무거웠다. "이제 반왔어! 지금 온 만큼만 더 가면 돼!" 나에게 기운을 주려고 외치는 남편의 희망 고문에 힘이 솟기는커녕 집으로 돌아가고 싶은 마음만 간절했다.

그럼에도 멈추지 않았던 까닭은 시장에서 맛있는 점심을 먹겠다는 일념 때문이었을까. 아니면 달리기란 원래 그런 것이니까, 결국 뛰길 잘했다며 뿌듯해하리라는 확고한 믿음이었을까. 주말 이른 점심, 우리는 그렇게 달리기를 마친 후 세상에서 제일 맛있는 돼지 국밥을 먹고 있었다. 후식으로 아이스 아메리카노를 물고 집에 돌아와 낮잠으로 이어진 코스는 프랑스식 정찬처럼 매끄러웠다.

그게 아마 달리기를 시작한 지 3~4개월 정도 됐을 때의 일인 것 같다. 주 3회 이상 아파트 앞 달리기 트랙을 돌았으니 30분쯤이야 거뜬할 줄 알았다. 하지만 잘 닦인 트랙을 빙글빙글 도는 것과, 오르막과 내리막이 교대로 나오는 울퉁불퉁한 보도 위를 달리는 것은 전혀 달랐다. 지면이 고르지 않은 오르막길을 달릴 때는 체감상 두 배는 더 힘들었다. 하지만 뭐든 장단이 있으니, 위기는 자주 찾아왔지만 대신 지루하지 않았다. 힘은 더 들어도 달리기를 즐기는 방법이 여러 가지라는 사실을 알게 된 기념비적인 날이었다. 물론 그 방법에는 맛있는 음식이라는 보상도 포함이다. 김종국이 그랬던가, "먹는 것까지가 운동이다"라고.

내가 달리기를 좋아하게 되다니, 지금 생각해도 믿기지 않는다. 학창 시절부터 나는 달리기라면 질색했다. 운동 신경이 없어 항상 출발 타이밍을 놓쳤고, 타이밍에 맞춰 치고 나가려고 폼을 잡고 있자면 두근두근하다 못해 심장이 조여드는 것 같아 기분이 좋지 않았다. 팔다리를 위아래로 크게 휘젓는 내 모습이, 머릿속에서는 날개만 없었지 거의 날고 있었다. 그러나 실제 눈앞에 보이는 건 언제나 친구들의 뒷모습뿐이었다. 친구들의 뒤통수 숫자가 점점 늘어나다가 마지막으로 결승선에 들어가는 건 결국 나였다. 헉헉거리는 목구멍에서는 비릿한 피 맛이 났고, 옆구리 한쪽이 창에 찔린 듯 숨을 쉴 때마다 날카로운 통증이 느껴졌다.

다음 날에는 종아리가 아파서 절룩거렸으니 좋아할 이유가 없었다.

숨을 헐떡거리는 유산소 운동은 싫어해도, 유연성이나 근력이 필요한 운동에는 그나마 관심이 있었다. 땀이 많이 나거나 숨이 차지 않아도 운동은 운동이니까. 몸을 느리게 움직이는 요가나 클라이밍만 나와 잘 맞을 거라 성급하게 결론지었다. 그런 연유로 이런저런 운동을 즐기면서도 달리기라는 종목은 '나중에 도전해 봐야지' 하는 후보군에서조차 빠져 있었다.

'달리기를 해 볼까.' 처음으로 마음이 꿈틀한 건 순전히 사람 때문이다. 글쓰기나 독서 모임에서 알게 된 사람들은 하나같이 부지런했는데, 취미 운동을 하나 이상 즐기고 있었다. 그중에서도 달리기가 압도적으로 많았다. 무라카미 하루키가 매일 달린다는 이야기도 책에서 여러 번 읽었다. 도대체 그 힘들기만 한 달리기를 왜들 그렇게 좋아하는지 궁금해졌다.

덥지도 춥지도 않았던 어느 날, 문득 아파트 주변을 산책하다가 보았던 작은 달리기 트랙이 떠올랐다. 신발장을 열어 예전에 헬스장에서 신던 러닝화를 꺼내 신고 트랙으로 향했다. 트랙 바깥쪽으로 이파리가 넓적한 가로수들이 병풍처럼 둘러 있었다. 가로수가 빨갛고 노랗게 물든 가을 날이었고, 길 위에 낙엽 한 장 없는 것을 보니 누가 방금 비질을 한 모양이었다. 깔끔하게 치워진 트랙 출발선에 섰다. 두 발을 모으고 앉았다 일어났다 하며 몸을 푼 뒤에 가볍게 첫 발걸음을 내디뎠다. 그러고 보니 경주나 체력장이 아니라 내 의지로 혼자서 하는, 달리기를 위한 달리기는 태어나서 처음이었다.

한 바퀴, 두 바퀴 출발선을 다시 밟는 횟수가 늘어날수록 숨이 차올랐다. 입으로 헉헉거리며 숨을 쉬면 목구멍이 금방 따가워지고 지치니 호흡을 잘 다스려야 한다. 요가를 할 때처럼 코로 숨을 들이마시고 입으로 내쉬며 호흡을 조절했다. 전속력으로 달리지 않으니 할 만했다. 점점 속도를 높였다. 뒤로 물결치듯 지나가는 단풍이 아름다웠다. 10분 정도 달리자 콧잔등에 땀이 송골송골 맺혔다. 스마트폰의 달리기 앱을 확인하니 1킬로미터당 8분대였다. 달렸다고 하기에는 멋쩍은 기록이지만 처음이니까.

달리기를 하는 사람들이 모인 그룹 채팅방에 들어가 오늘의 기록을 공유하고 러너로 입문한 것을 축하받았다. 그렇게 엉겁결에 시작한 달리기가 날이 갈수록 좋아졌다. 언제든 몸만 있으면 가능한 운동이라 더 좋았다. 하늘이 유독 파란 날에는 왠지 걷는 게 아깝다는 생각이 들어 산책하다 말고 갑자기 허벅지에 힘을 주어 달리기 모드로 전환했다. 그러다가 숨이 차면 다시 속도를 늦춰 걸었다.

혼자 하는 달리기는 자유롭다. 누군가와 경쟁하거나 긴장할 필요도 없다. 마음이 동하면 달리고 힘들면 잠시 숨을 고르다가 괜찮아졌을 때 다시 달리면 된다. 마치 오케스트라의 지휘자처럼 내 몸을 마음대로 조율하는 것이다. 점점 빠르게, 더 빠르게, 절정! 다시 속도를 줄여 편안하게.

밋밋했던 일상에 달리기가 침투하면서 활력이 돌았다. 양 볼이 빨갛게 트도록 매서운 바람이 부는 12월에도 멈추지 않았다. 이어폰을 끼운 귀를 비니 모자로 덮고 레깅스 위에는 타이즈를 덧신었다. 오늘의 달리기 BGM은 머라이어 캐리가 부른다. 귓속으로 울려 퍼지는 캐롤을 들으며 한겨울의 트랙 위를 나 홀로 달릴 때면 루돌프라도 된 양 신이 났다.

계절에 따라, 음악에 따라, 달리는 길의 사정에 따라, 심지어 달리고 난 후에 먹는 음식에 따라 이전에는 몰랐던 달리기의 매력을 발견했다. 백 미터 달리기 꼴찌에, 달리기라면 인상부터 찌푸리던 내가 이제 스스로 달리기를 좋아하는 사람이라고 소개한다.

버티면 비로소 알게 되는 것들

자궁내막증 때문에 복강경 수술을 받고 4개월 넘게 운동하지 못했다. 수술 결심과 진행은 일사천리였지만 회복 속도가 더디었다. 평소 7천 보씩 거뜬히 걷던 내가 4천 보만 걸어도 숨을 헐떡거렸을 때는 이런 상태가 언제까지 계속될까 조바심도 들었다. 시간이 지나면서 체력은 조금씩 돌아왔지만 얼마 없던 근육마저 빠져 버렸는지 예전에는 가뿐하게 옮기던 의자가 무거웠고, 단단하던 뱃살이 말랑말랑해졌다. 다시 몸을 움직일 때가 온 것이다. 이번에는 어떤 운동을 해 볼까.

내가 운동 종목을 정하는 데에는 몇 가지 조건이 있다.

우선 운동하는 장소가 가까워야 한다. 갈아타지 않더라도 일단 차를 타야 하는 거리라면 이런저런 핑계를 대며 열 번 갈 것을 일곱 번만 가게 될 테니까. 고로 운동 장소는 도보 15분 거리 내에 있으면 좋겠다. 둘째, 지나치게 땀이 많이 나서 아토피 피부에 자극이 되는 운동은 피한다. 아쉬탕가를 하다가 어깨에서 진물을 쏟은 기억을 잊지 않는다. 달리기도 여름에는 피하는 까닭이다. 가장 중요한 마지막 조건은 재미가 있어야 한다.

그렇다면 다시 요가인가. 도보 3분 거리의 요가원이 '나 아직 여기 있어요' 하며 손을 흔들었다. 요가원 블로그에 들어가 살펴보니 매트 요가와 플라잉 요가를 섞어서 하는 멀티 회원권이 새로 생겼다. 플라잉 요가는 천장에 매달아 늘어뜨린 해먹 천에 몸을 의지한 채 다양한 자세를 취하는 고난도 요가다. 공중에서 다리나 팔을 감아 매달려 있는 모습은 나비처럼 우아해 보이기도 하고 서커스 동작처럼 아슬아슬하게도 느껴진다. 클라이밍을 해 봐서 매달리는 거라면 자신 있었다. 플라잉 요가 유튜브 영상을 찾아보니 재미도 있어 보였다.

호기롭게 새로운 종목에 도전한 나는 곧 소리 없는 아우성을 치는 신세가 되었다. 허리와 엉덩이의 경계 부분인

천골에 해먹을 대고 몸을 거꾸로 뒤집어 원숭이처럼 대롱대롱 매달리는 동작이 있다. '피꺼솟(피가 거꾸로 솟는다)'이라는 단어를 온몸으로 표현했다고 할까. 머리를 아래로 한 채 생각보다 꽤 오래, 체감상 5분 이상 매달려 있었는데 발가락의 피까지 전부 얼굴로 쏟아지는 느낌이 들었다. 거꾸로 쏠린 얼굴은 몇 초 남지 않은 시한폭탄처럼 금방이라도 폭발할 것 같았다. '이러다가 기절하는 거 아냐' 싶은 우려가 들 때쯤 다음 동작으로 넘어갔다. 그것은 서막에 불과했다는 사실도 모른 채.

'공포의 다빈치 자세'라 불리는 동작이 이어졌다. 레오나르도 다빈치가 그린 인체 비례도를 떠올리면 된다. 해먹으로 양 사타구니를 휘감은 채 공중에 매달려야 한다. 주리를 틀며 고문당하는 대역 죄인의 심정을 알 것 같았다. 5초, 아니 3초도 참지 못하고 몸부림쳤다. 이번에는 소리 없는 아우성이 아니었다. "으악! 너무 아파요!" 나의 감탄사에 강사님은 흐뭇한 미소를 지으며 아주 천천히 말씀하셨다. "많이 아프죠? 적응 기간에는 아플 수밖에 없어요. 림프절이 지나가는 부위라 노폐물이 많이 쌓이면 통증이 더 심할 수 있는데 저는 마라탕같이 염분 많은 음식을 먹으면 아직도 통증이 심하더라고요. 블라블라……."

얼른 동작을 끝내 주길 바랐지만 나무늘보 같은 강사님의 일장연설은 계속됐다. '잘못했어요. 다시는 마라탕 안 먹을게요(는 거짓말). 알았으니 제발 내려가자고요.' 결국 나는 다른 회원들처럼 버티지 못하고 허겁지겁 해먹을 풀어 탈출하고 말았다. 전속력으로 달리기를 한 사람처럼 숨이 차올랐다. 고요한 요가원 안에 내 야릇한 숨소리가 울려 퍼졌다. '아니, 왜 내 숨소리만 들리는 거지?' 고개를 들어 다빈치 자세를 완벽하게 구현하고 있는 다른 회원들의 표정을 살폈다. 미간 주름 하나 구겨지지 않은 평온 그 자체. 나만 빼고, 고통을 느끼지 못하게 해 주는 약이라도 먹고 온 걸까.

(나 혼자) 요란 법석했던 수련을 마치고 강사님께 하소연했다. "저만 아픈가 봐요. 저 빼고 다 평화로워 보여요." 그는 사람마다 통증을 느끼는 강도가 다르다며 나를 안심시켰다. 금방 적응하는 사람은 1~2주 만에도 괜찮아지지만 오래 걸리는 사람은 석 달까지도 통증에 시달린다고 했다. 나는 언제나 적응이 더딘 사람이니 석 달이 걸리겠지. 석 달은 짧으면서도 긴 애매한 시간이다. 한편으로는 그 말이 정말인지 확인해 보고 싶기도 했다. '그래, 이 악물고 딱 석 달만 버텨 보자. 그래도 못하겠으면 포기하는 거야.' 끝

이 있다는 사실은 버티는 힘이 된다.

　주 3회 석 달을 채우고자 매번 울기 직전의 표정으로 플라잉 요가 수업에 들어갔다. 어쨌든 버텨야 하니 나만의 마인드 컨트롤 방법을 개발했는데, 바로 '고통을 무시하기'다. 고통이 지금 여기에 존재하지 않는다고 믿는 것. 지금 내 사타구니를 조이고 핍박하는 해먹은 존재하지 않는다. 아무리 조여 봐라, 내 튼실한 허벅지가 꿈쩍하나. 나는 아무것도 느끼지 못한다. 감각이 없는 사람이니라!

　심호흡을 고르며 먼 곳을 응시하다 보면 어느새 다음 동작으로 넘어갔다. 스르르 해먹이 풀어지면서 온몸이 저릿한 것이 어릴 적에 했던 '전기 놀이'와 느낌이 비슷했다. 짝꿍에게 손을 내밀어 보라 한 다음 온 힘을 다해 손목을 움켜잡는다. 병뚜껑 따듯 다섯 손가락 끝을 손톱으로 꺾고 나이만큼 잼잼을 시킨다. 손바닥이 노래질 때까지 탁탁 때려 준 후 '호~' 불며 손목을 살며시 놓아 준다. 그러면 병목현상이 해소되는 도로처럼 막혀 있던 혈액이 손바닥으로 퍼지면서 찌릿, 전기가 오르는 듯하다가 시원한 느낌이 든다.

　어린 나이에도 그 묘한 쾌감을 즐겨서 짝꿍과 돌아가며 했던 전기 놀이의 온몸 확장판이 플라잉 요가였다. 얼마나 개운한지, 아픈 만큼 성숙하는 게 아니라 아픈 만큼 개운했다.

플라잉 요가를 마치고 샤워를 하다 보면 사타구니, 정강이, 발목과 발등에서 시커먼 멍을 발견했다. 이렇게까지 해야 하나, 잠깐 회의가 들었지만 나는 알고 있다. 초반에 크고 작은 부상 없이 배우는 운동은 없다. 대학 응원단을 할 때는 무릎에 늘 보라색 피멍을 달고 살았고, 클라이밍을 할 때는 홀드에 스쳐 수없이 찰과상을 입었다. 부상 없이 운동을 익히려는 마음은 공부하지 않고 시험에서 좋은 성적을 받으려는 심보와 같다.

마침내 기다리던 3개월 차. 나는 거짓말처럼 우아하게 양다리를 찢어 다빈치 자세로 공중에 매달렸다. 플라잉 요가를 오늘 처음 한다는 신입 회원들의 곡소리가 여기저기서 터져 나왔다. 나는 최대한 여유로운 미소를 머금었다. 아프지 않아서가 아니었다. 물론 전보다는 덜 해도 통증은 분명히 존재했다. 다만 그것을 내 나름대로 조절하는 법을 터득했다고나 할까.

입문자의 적응 기간, 3개월이 준 교훈은 가볍지 않았다. 고비를 넘기기까지 어떻게든 참아 내려고 정신 수양법까지 스스로 고안했다. 이것을 끈기라고 부르자. 몸이 자주 아픈 사람에게는 하루를 지탱하는 데 꼭 필요한 힘이다.

소란을 부리지 않고 묵묵히 참는 법도 배웠다. 겉으로는 아무렇지 않아 보이는 숙련자들 역시 내색하지 않을 뿐 고통스럽긴 마찬가지임을 나중에야 알았다. '저 사람은 원래 체력이 좋으니까' '저 사람은 원래 잘 참는 성격인가 봐'라는 안일한 생각은 스스로 위안하려는 방어기제일 뿐 아니라, 타인의 노력을 인정하지 않는다는 뜻이기도 하다. 글을 잘 쓰기까지, 그림을 잘 그리기까지 수없이 참고 견뎌 온 노력의 시간을 '원래'라는 말로 깎아내리는 셈이니까. 그것이 평소 삶의 태도가 되어서는 안 된다.

플라잉 요가는 해먹이라는 도구 때문에 통증이 따르는 한편, 중력의 도움을 받기도 한다. 매트에 앉아서 다리를 양옆으로 벌리면 용을 써도 겨우 100도가량 찢어지지만, 해먹에 매달리면 다르다. 내 몸의 무게가 실리면서 120도, 160도까지도 다리가 벌어진다. 다른 동작도 마찬가지다. 뒤로 젖히거나 옆구리를 늘리는 자세도 매트 위에서 내 힘으로만 시도할 때보다 훨씬 가동 범위가 늘어난다. 단점이 곧 장점이 되는 것이다.

내 무게를 버텨 내는 일은 결코 호락호락하지 않지만 그 과정을 겪고 나면 나에게 훨씬 큰 역량이 있음을 비로소 깨닫는다. 그러니 버거운 나를 버티는 일은 나도 몰랐던 내 잠재력을 끌어내는 통과의례인 셈이다. 그래서 나는 오늘도 기꺼이 버텨 본다.

세상에서 가장 센 사람이 된 기분

　스페인 바르셀로나의 명소 몬주익 분수, 그 뒤편에는 비밀스러운 공간이 있다. 20미터 남짓한 폐터널 벽면에 온통 알록달록한 홀드를 붙여서 클라이밍 할 수 있게 꾸며 놓았다. 나는 스페인 여행 중 머물렀던 호스텔 주인, 클라이머 부부의 소개로 그곳을 알게 되었다. 부부가 현지인만 아는 곳이라며 귀띔해 준 덕분에 바르셀로나에 머무는 동안 여러 번 찾아가 클라이밍을 즐겼다. 캐리어에 암벽화를 챙겨 오길 잘했다.

　낮에 그곳에 가면 터널 벽에 달라붙어 게처럼 움직이며 클라이밍 연습을 하는 현지인이 서넛은 있었다. 하루는 혼자서 클라이밍에 몰두하는 내게 갈색 눈의 클라이머가 다가와 말을 걸었다. 원래 마드리드에 사는데 휴가 기간이라 잠깐 바르셀로나에 놀러 왔다고 자신을 소개했다. 같은 취미를 가진 사람끼리는 쉽게 마음을 여는 법. 우리는 어설픈 영어로 소통하며 금방 친해졌다.

그 친구는 이제 클라이밍을 마치고 수영을 하러 간다고 했다. 차를 몰고 근교 바다에 가려는데 함께 가겠느냐고 물었다. 처음 본 사람을 따라가도 될까, 잠깐 망설였지만 '클라이밍 하는 사람 치고 나쁜 사람 없지'라는 근거 없는 배짱으로 차에 올라탔다. 용기를 낸 덕분에 관광객이 북적이는 바르셀로네타 해변이 아닌 한적한 바닷가에서 해산물이 듬뿍 들어간 빠에야를 나눠 먹으며 잊지 못할 추억을 만들었다.

클라이밍이나 요가처럼 취미 운동이 생기니 여행이 한층 특별해졌다. 암벽화와 요가 타월만 챙기면 어디서든 내가 좋아하는 운동을 하고 친구도 사귈 수 있다. 아무래도 같은 장소에서 운동을 반복하다 보면 지루해질 때가 있는데, 새로운 환경에서는 기분 전환도 되고 일상으로 돌아와서도 그 신선한 느낌이 꽤 오래 지속된다.

최근에는 4년 만에 다시 발리 우붓을 찾았다. 전 세계 요가인들이 모이는 만큼 우붓에 가면 꼭 요가를 해야겠다고 별렀다. 찾아보니 숙소에서 멀지 않은 곳에 큰 규모의 요가원이 있었다. 빈야사, 아쉬탕가, 명상 요가, 플라잉 요가 등 다양한 프로그램을 수준별로 구성했고 무엇보다 초록이 우거진 정글 같은 스튜디오에서 요가를 한다니 기대에 부풀었다.

내가 고른 요가 클래스는 파워 빈야사 90분 코스였다. 한국에서는 60분 수업만 있어서 조금 더 긴 수련에 도전해보고 싶었다. 빈야사라면 어디든 비슷할 테니까. 스튜디오는 2층에 있었다. 달팽이 껍데기처럼 배배 꼬인 아찔한 나무 계단을 올라가자 마룻바닥으로 된 널찍한 방이 나왔다. 사람이 많을까 봐 일찍 왔는데 아직 아무도 없었다.

구석에 돌돌 말려 있는 공용 요가 매트를 하나 꺼내 들고 어디에 앉을지 고민했다. 아무래도 강사님과 가까운 앞자리는 부담스럽다. 그렇다고 뒤로 가자니 여기까지 왔는데 자존심(?)이 허락지 않는다. 그렇다면 중간으로 결정. 매트를 깔고 그 위에 요가 타월을 한 번 더 깔았다. 나중에 알았지만 중간 자리를 선택한 것은 현명했다. 뒤를 보는 동작이 있을 때 보고 따라 할 사람이 필요하니 말이다.

수강생들이 하나둘 들어왔다. 남자와 여자, 피부가 하얀 사람과 까만 사람, 덩치가 큰 사람과 아담한 사람, 머리가 긴 사람과 짧은 사람, 다양한 겉모습의 사람들이 요가 수업을 듣겠다고 서른 명 넘게 한자리에 모였다. 한국에서는 좀처럼 보기 힘든 광경이라 기분이 묘했다. 마치 이곳이 조그맣게 축소한 지구 같기도 했다. 다채로운 에너지가 흐르는 이 공간에서라면 요가도 왠지 더 잘되지 않을까.

강사님과 함께 호흡을 가다듬고 곧 수련을 시작했다. 동작과 순서는 한국에서 하던 것과 비슷해서 따라가는 데 어렵지 않았다. 30분쯤 지났을까. '다운 독' 자세를 취하고 있는데 갑자기 시야가 어두워졌다. 쿠궁, 천둥이 낮게 울리더니 장대비를 퍼붓는 소리가 요란하게 들렸다. 갑작스러운 날씨 변화에 당황해서 눈치를 살피는데 강사가 빗소리를 잘 들어 보라는 듯 잠시 말을 멈추었다. 모두가 얼어붙은 듯 정지 자세로 빗소리에만 귀를 기울였다. 마치 세상이 멈춘 것처럼. 밖에서 불어오는 시원한 바람이 끈적끈적하던 내 몸을 닦아 주었다.

다운 독은 엎드린 상태에서 엉덩이를 하늘 방향으로 밀어 올리고 손바닥과 발바닥에 힘을 주어 있는 힘껏 바닥을 미는 자세다. 마치 기지개를 켜는 강아지처럼. 머리를 거꾸로 기울이니 다리 사이로 보이는 세상은 위아래가 뒤집힌다. 천장은 바닥이 되고 바닥은 천장이 되는 셈이다. 내 다리 사이로 문밖의 비 오는 풍경이 보이는데, 마치 폭포가 쏟아지는 지구를 내 팔다리로 들어 올리고 있는 기분이 들었다. 손바닥과 발바닥에 더욱 힘을 주어 마룻바닥을 강하게 밀었다. 그 순간만큼은 내가 세상에서 가장 기운이 센 사람처럼 느껴졌다.

수련을 마치고 밖으로 나오자 언제 그랬냐는 듯 하늘이 맑게 개어 있었다. 촉촉하게 물기를 머금은 열대 식물은 싱그러웠고, 쌉싸름한 흙냄새가 공기 중에 떠돌았다. 갑자기 허기가 몰려왔다. 스마트폰으로 근처 맛집을 검색하며, 나중에 한 달 살기를 하러 발리에 다시 와야겠다고 생각했다. 그때는 매일 요가를 하기 쉽게 요가원 근처에 숙소를 잡아야지.

두 발로 걷는 기쁨

'치밍아웃' 하기까지 오래도 걸렸다. 혹시나 좋아하는 치킨이 무엇인지 고백하는 것이라고 오해할까 봐 부연하자면 치질, 더 정확히는 치핵을 앓았다. 언제부터였을까. 기온이 영하로 떨어지는 계절이 오면, 의자에 오래 앉아 있으면, 도보 여행을 하다가 만 보가 넘으면, 달리기할 때면, 인공 외벽에서 두 시간 넘게 클라이밍을 하면, 그분이 오셨다.

수술하고 나니 이렇게 편한 것을. 똥꼬는 그 중요한 역할에도 불구하고 항상 부끄러워하며 숨기는 부위였다. 하지만 내 주변만 해도 30대 초반에 치질 수술을 한 친구가 몇 된다. 내가 아는 젊은 여성 치질 환자에게는 공통점이 있는데, 오래 앉아서 일을 하고 약간 마른 체형에 변비가 심하다. 보통 허리가 약해서 허리 디스크 같은 질환을 함께 앓는다('이거 나잖아!' 하는 사람 분명히 있다).

아무튼 나도 꽤 오랫동안 고통을 겪었지만 매일 아픈 것은 아니고 창피하기도 해서 참으면서 몇 년을 살았다. 그러다가 책 출간을 앞두고 너무 오래 앉아 있어서인지 며칠이면 사라지던 통증이 일주일 내내 계속됐다. 급기야 앉지도 서지도 못할 지경에 이르렀다. 마침내 결단의 시간이 찾아온 것이다. 어떻게든 피하고 싶었던 그곳, 대장 항문 외과를 내 발로 찾아갔다. 침통한 표정으로 검사를 마친 의사는 바로 수술 날짜를 잡아 줬다. 글 쓰는 사람이라면 피하기 힘들다는 '허리 병'(나는 20대 때 허리 디스크 수술을 했다)과 '똥꼬 병'을 모두 얻었으니 나는 이제 뼛속까지 작가로 태어난 것인가!

30분도 걸리지 않는 간단한 수술이었지만 그 후 회복 과정은 입에 담고 싶지도 않다. 시간의 상대성을 몸소 체험했달까. 3년 같은 3개월을 보내며 그 어느 때보다 나 자신과 치열하게 싸웠다. 내가 할 수 있는 일이라고는 침대에 누워 인터넷으로 수술 후기를 찾아보는 것뿐이었다. 동병상련만큼 강력한 진통제가 없으니까. '치질 수술 통증 언제까지' '치질 수술 일주일' '치질 수술 2주' '치질 수술 두 달 후'를 검색어로 넣어 수많은 선배님들의 주옥같은 조언과 후기를 하나씩 섭렵해 갔다. 결국에는 이 고통에도 끝이 있다는 사실을 상기하며 마음을 겨우 다잡았는데, 우연히 '치질 수술 6개월째 아직도 고통받고 있습니다'라는 글을 발견하고 그만 스마트폰을 떨어뜨릴 뻔했다.

그럼에도 고통은 끝난다. 평생 참고 사는 것보다는 수술이 낫다(지금 와서 하는 이야기 맞다). 무엇보다 내가 좋아하는 운동을 실컷 해도 걱정이 없고, 의자 위에서 들썩들썩 몸부림치며 글을 써야 하는 비극도 더 이상 없으니까.

세월히 흐르면서 그때의 악몽은 흐려졌지만 여전히 또렷하게 남아 있는 기억이 하나 있다. 다름 아닌 하반신 마비의 충격이다. 허리 디스크나 복강경 수술 때는 전신마취를 했기 때문에 수술 과정이 전혀 기억에 없다. 정신이 돌아와서도 한동안은 몽롱한 상태라 내가 했던 말이나, 심지어 친구가 병문안을 왔다 간 사실도 기억나지 않는다. 반면, 치질 수술은 하반신만 마취했다. 수술 전 과정을 기억할 뿐만 아니라(심지어 수술에 '협조'를 해야 한다) 마취가 풀려서 다리에 감각이 돌아올 때까지 모든 과정을 느끼고 지켜보았다.

수술을 마치고 입원실로 가려면 우선 수술대에서 개인 침대로 몸을 꿈틀거려 갈아타야 하는데, 배꼽 아래로 아무 감각이 없어 팔만 허우적거렸다. 간호사 두 명이 안 되겠다는 듯 내 옆으로 붙었다. 하나, 둘, 셋, 구호를 외치더니 내 몸 아래 깔린 이불을 끌어당겨 나를 옆 침대로 굴렸다. 나는 통나무처럼 데구루루 굴러 바퀴 달린 침대 위로 안착했고, 간호사는 침대를 밀어 나를 입원실로 옮겼다.

마취가 깰 때까지 천장을 보며 꼼짝하지 않고 누워 있어야 했다. 머리를 움직이면 마취 성분 때문에 두통이 생길 수 있다고 베개도 못 베게 하고 옆으로 눕는 것도 금했다. 정신은 멀쩡한데 몸은 움직여지지 않는 상황이 굉장히 이상했다. 머릿속으로 '발가락을 움직여야지' 했는데 발가락이 꿈쩍도 안 했다. 무릎을 꼬집어 봤다. 거짓말처럼 아무 느낌도 들지 않았다. 마치 몸은 없고 뇌만 존재하는 기분이었다.

식물인간이 이럴까, 상상하니 등줄기가 서늘했다. 당연히 몇 시간 뒤면 다리를 움직이고 걷겠지만 혹시나 옴짝달싹 못 하는 지금 상태가 영원히 계속된다면? 두려운 상상은 꼬리에 꼬리를 물고 팽창했다. 이 상태로 상반신마저 못 움직이고 말도 못 하게 된다면? 남의 도움 없이는 집 밖으로, 아니 이불 밖으로 한 발자국도 나가지 못한다면? 육체라는 감옥에 갇힌 정신은 얼마나 외로울까.

침통한 기분에서 겨우 빠져나왔다. 상상을 상상으로만 할 수 있어서 얼마나 다행이었는지. 하지만 거동의 자유를 누리지 못하는 사람은 실제로 많다. 그에 비하면 나의 아토피는, 기능성 소화 장애는, 편두통과 치질은 어쩌면 생각보다 가벼운 것 아닐까. 아무리 남의 중병보다 자신의 손톱 밑 가시가 더 거슬리는 법이라고는 하지만.

수술 세 시간 후, 드디어 엄지발가락이 움직여졌다. 꼼지락거림의 기쁨이란! 몸이 내 의지대로 움직인다는 사실이 오랫동안 연락이 끊겼던 친구와 재회한 것처럼 반가웠다. 다음 날 나는 스스로 일어나 두 발로 뚜벅뚜벅 걸어서 병원 밖으로 빠져나왔다. 물론 지하철 의자에 앉지는 못했지만 서서 가는 것이 하나도 억울하지 않았다. 집으로 돌아가는 길, 발걸음은 경쾌했고 나는 앞으로 더 열심히 걸어다녀야겠다고 다짐했다.

크고 작은 수술을 할 때마다 뼈저리게 느끼는 점이 있다. '움직일 수 있을 때 움직이자.' 한 TV 프로그램에서 "요즘 행복이 무엇이냐"라는 진행자의 질문에 "두 발로 걸어

다니는 것"이라고 답한 80대 어르신의 말이 떠오른다. 몸을 내 의지대로 자유롭게 움직이는 것이 언제나 당연하지는 않다. 누군가는 사고로, 우리 모두는 노화로 결국 그 일이 어려워진다.

웬만해서 후회를 잘 안 하는 내가 최근에 후회하는 일이 하나 생겼는데, 바로 20대에 달리기를 시작하지 않은 것이다. 요즘은 달리기를 할 때마다 무릎 관절의 상태를 걱정하지 않을 수 없다. 몸을 움직이는 데에도 때가 있다는 생각이 자주 든다.

대신 아무리 바빠도 매일 산책을 챙긴다. 산책은 가장 부담이 없고 언제든지 실천할 수 있는 움직임이다. 두 발로 걷는 기쁨을 계절별로 놓치고 싶지 않다. 이동하기 위해 하릴없이 걷는 게 아니라, 다른 일을 제쳐 두고 걷기에 집중한다. 예전에는 심심할까 봐 반드시 이어폰을 끼고 음악을 들으면서 걸었는데 요즘은 이어폰은 물론 제2의 장기, 스마트폰까지 집에 두고 나갈 때가 많다.

걷는 기쁨은 발에서만 오는 게 아니다. 눈으로는 봄에 피는 꽃의 순서를 확인하고 코로는 꽃마다 다른 향기도 맡아 본다. 귀로는 혈기 왕성한 매미 울음소리를 듣는다. 초등학교 운동장에서 들리는 아이들 떠드는 소리, 추억의 수업 종소리도 놓치고 싶지 않다. 귀와 손이 가벼울 때, 두 발로 걷는 기쁨은 몇 배로 불어 난다.

　김영하의 소설 《작별인사》복복서가, 2022, 276쪽에서 기계 인간 철이가 자신의 육체를 잠시 잃었다가 되찾는 내용을 읽었다. "따뜻한 것을 만지면 안온함이 마음을 데웠고 시원한 바람이 얼굴을 핥고 지나가면 상쾌했다. 차가운 물이 식도를 타고 내려갈 때의 짜릿함은 물론이고 단단한 것에 몸이 부딪힐 때의 아픔까지도 반가웠다"라는 문장에 깊이 공감했다. 때로는 육체가 감옥이 되지만 대개는 축복이란 사실을, 나는 사는 동안 잊지 않으려고 한다.

그때는 몰랐다.

생은 어느 한 지점에서 완성되는 것이 아니라,

하루하루 새로운 점을 찍는 일이라는 사실을.

하루가 건강하지 않으면

일생이 건강하기 어렵다는 진리를.

2부

사람은
고쳐 쓸 수 있으니까

한약, 아메리카노, 박카스

한때 내 별명은 '종합병원'이었다. 과거형을 쓰는 이유
는 현재는 그렇지 않아서다. 예전보다 병원 가는 횟수가 많
이 줄었고 그만큼 건강해졌다는 뜻이니 얼마나 감사한 일
인지 모른다. 아프면 언제든 병원에 갈 수 있는 환경은 감
격스럽기까지 하다. 그것이 불가능한 때가 있었으니 말이
다. 지금은 전생처럼 느껴지는, 방송 작가로 일할 때였다.
정시 퇴근을 하고 꼬박꼬박 주말에 쉬는 일을 해도 성하기
힘든 체력으로 불규칙하고 시간에 쫓기는 직업을 택한 것
이다.

학창 시절에 국어 과목을 가장 좋아했던 나는 어른이

되면 막연히 '글'과 관련된 일을 하고 싶었다. 대학을 졸업할 때쯤 국어 교사를 하면 어떨까 싶어 진로상담을 해 보니 애초에 학과 선택이 잘못되었다는 사실을 뒤늦게 알았다. 교육대학원을 다니고 임용 고시까지 보아야 하는데 도저히 엄두가 나지 않았다. 그렇다고 소설가가 될 만큼 문학적 재능이 있는 것 같지도 않았다. '그럼 뭐 하지, 뭐 하지……' 하다가 우연히 흘러간 곳이 방송계였다. 구성 작가는 대학 간판이나 토익 점수가 필요 없었다. '버티는 힘'만 있으면 누구나 환영하는 정글 같은 세계였다.

그러나 시작은 쉬워도 끝까지 버티는 사람은 많지 않았다. 막내 작가로 함께 일한 동료 중 서브 작가가 되고, 또 메인 작가가 될 때까지 그 일을 계속하는 이의 수는 점점 줄었다. 몸이 아파서, 급여가 적어서, 자유가 없어서(나와 비슷한 시기에 입사했던 한 동기는 일을 시작한 지 100일 만에 처음으로 주말에 쉬었다), '기 센 사람'들 사이에서 상처받아서…… 이런저런 이유로 하나둘 그곳을 떠났다. 내가 특별한 재주가 있어서 10년 넘게 방송 일을 한 게 아니었다. 그저 버티다 보니 세월이 흘렀다.

일의 특성상 주기적으로 마감 시간에 쫓기니 늘 초조했다. 마음만 불편하면 다행이었다. 당시는 실내 흡연을 법으로 규제하지 않던 시절이었다. 유일한 비흡연자에 막내였던 나는 담배 연기로 가득 찬 실내에서 싫은 티도 못 내고 밤을 새워 생방송 원고를 썼다. 피부가 따갑고 눈물이 났다. 잔기침이 나올 것 같아도 선배들에게 눈치가 보여 목울대에 힘을 주어 삼켰다. 지금 생각하면 폭력적이지만 그때는 흡연 없이 방송을 만드는 일은 상상하기 힘든 분위기였다. 나는 한 명이고 그들은 다수였다. 나는 막내고 그들은 하늘 같은 선배였다. 나의 아토피와 안구건조증, 알레르기 따위는 '위대한 방송' 앞에 하찮았다.

시간은 늘 부족하고 글을 쓸 연료는 채워야 하니 식사는 무조건 배달 음식이었다. 아토피에 해롭다는 햄버거, 짜장면을 번갈아 시켜 먹고 가려움증에 목과 팔을 벅벅 긁어댔다. 회사에서 밤을 새울 때는 엄마가 지어 주신 한약을 여러 팩 챙겨 갔다. 한 팩 뜯어서 호로록 마신 다음, 쏟아지는 잠을 내몰려고 아이스 아메리카노를 다시 뱃속으로 들이부었다. 일에 집중하다가 휴대폰 알람에 놀라 시계를 보면 체감은 한 시간쯤 지난 것 같은데 실제론 여섯 시간이나 흘러 있었다. 다시 한약을 먹을 시간이다. 전자레인지에 30초 데운 한약을 코를 잡고 마신 다음, 팀장님이 사다 주신 박카스를 집어넣을 차례. 노트북 옆에는 한약 팩, 아메리카노 테이크아웃 컵, 한약 팩, 박카스 병, 한약 팩, 핫식스 캔이 전리품처럼 진열되어 있었다.

그러고 나면 뱃속에서 '핵불닭볶음면'을 먹은 것처럼 불이 나기도 했다. 쓰린 속을 달래려 핫팩을 배에 올려놓거나 찬물을 들이켰다. 병원은 언감생심이었다. 그 새벽에 문을 연 병원이 있을 리 없고, 낮이라 해도 시간이 있을 리 없다. 방송을 하나 끝내고 나면 '이번 쉬는 날에는 병원에 꼭 가 봐야지' 했지만 자고 일어나면 휴일은 통장 잔고처럼 사라지고 다시 일하러 갈 아침이 밝았다. 나는 당연히 그렇게 살아야 하는 줄 알았다. 작가나 피디가 아프다고 병원에 다니고 휴가를 쓰고 주말에 쉬고 공휴일에 놀면 돌아갈 수 없는 게 방송이니까.

내 건강이 점점 더 나빠지고 있다는 사실을 알았지만 실눈을 뜨고 모른 척했다. 나는 버티고 버텨서 메인 작가가 되고 싶었다. 선배들을 보조하는 역할이 아닌, 진짜 내 글을 쓰는 작가. 이왕이면 사람들의 가슴을 뭉클하게 하는 휴먼 다큐를 쓰게 되면 더없이 좋겠지. 그러면 그동안 했던 고생은 모두 보상받을 거라고, 그때쯤이면 돈도 어느 정도 벌 테고 병원 갈 시간 여유 정도는 있을 거라고 믿었다.

그래도 6~7년 차 때는 일에 재미를 느끼며 신나게 달렸던 것 같다. 월급 80만 원을 받으며 낮이고 밤이고 구분 없이 선배를 도와 자료 조사를 하다가, 내 글을 쓰며 200만 원이 넘는 월급이 매달 통장에 들어오니 어엿한 사회인이 된 기분도 들었다. 그 무렵 방심하지 말라는 듯 고비가 찾아왔다.

막내 작가 시절에 함께했던 애틋한 동료들과 타이밍 좋게 한 프로그램 안에서 다시 뭉쳐 일하던 때였다. 우리는 서로 무엇이 힘들고 무엇이 즐거운지 눈빛만 봐도 알 정도로 끈끈했다. 한 사람의 아이템이 엎어지면 너나 할 것 없이 나서서 전화를 돌리며 섭외를 도왔고, 누군가 피디와 싸우거나 선배에게 꾸중을 들어 속상한 날에는 그것을 핑계 삼아 동이 틀 때까지 술을 마시며 울화를 비워 내기도 했다.

나 역시 동료들과 수다를 떠는 술자리를 좋아했다. 기분이 좋은 날은 좋으니까, 안 좋은 날은 안 좋으니까 시원한 맥주가 목구멍을 타고 뱃속으로 끝 없이 들어갔다. 화끈한 국물 닭발을 먹으며 속이 아파 인상을 찌푸리면서도 그 즐거움을 포기하지 못했다. 다시 돌아오지 않을 청춘은 뜨뜻미지근하기 어려운 법이니까.

그렇게 울렁거리는 속으로 몇 시간 눈도 붙이지 못한 채 출근하고, 깨질 듯한 머리를 부여잡으며 또 밤을 새워 일했다. 열정의 대가는 가혹했다. 아토피 증상이 고3 수험생 시절만큼 심각해진 것이다. 피부가 극도로 건조해지면서 온몸이 나무처럼 뻣뻣하게 굳어 가는 것 같았다. 결국 일을 그만두었다. 말은 3개월 휴직이었지만 내 자리는 당연히 다른 작가로 채워질 것이고, 그 후의 일은 누구도 보장하지 못한다. 내가 회복할 수 있을지도.

이제 이 몸으로 출근하지 않아도 된다는 안심 뒤로, 한창 일해야 할 나이에 건강 문제로 퇴사를 하다니 앞날이 걱정되기도 했다. 다들 똑같이 일하고, 똑같이 먹고, 똑같이 즐기는데 왜 나만 이럴까.

그렇다고 웅크려 있을 수만은 없었다. 이불 속에서는 절망적인 생각이 하염없이 덮쳐 오기 마련이니까. 고3 때도 시련을 겪었지만 결국 괜찮아진 것처럼, 시간이 걸릴지언정 회복될 거라고 나를 다독였다. 증상이 나아지려면 몸을 움직여 기분 좋을 정도로 땀을 흘려야 한다. 퇴사 일주일 후부터 매일 눈 뜨면 운동화를 신고 문밖으로 나갔다. 누가 볼까 봐, 혹시나 동창을 마주치는 일이 없기를 바라며 야구 모자를 푹 눌러썼다.

우리 집 뒤에는 야트막한 동산이 있었다. 능선을 따라 이어진 산책로 계단 수십 개를 오르면 20분 안에 정상에 다

다랐다. 그곳에는 운동기구들이 늘어서 있었지만, 어르신들은 대개 기구를 사용하지 않고 느긋하게 허리를 돌리거나 맨몸 운동을 하곤 했다. 비어 있는 운동기구는 젊은 내 차지였다.

나는 그중에서도 '거꾸리'를 골랐다. 고리에 발목을 걸고 각도를 조절하면 다리가 하늘 방향으로 올라가고 머리는 땅 쪽으로 내려왔다. 그렇게 거꾸로 매달린 채로 심호흡을 하며 시끄러운 머릿속을 비워 내고 싶었다. 초록빛 싱그러운 나뭇잎 사이로 하늘이 보이고 새소리도 들렸다. 솔솔 부는 바람이 땀과 가려움을 부드럽게 씻어 줬다. 그런데 그 평화로운 풍경을 넋을 놓고 바라보고 있노라니 도리어 서글픈 기분이 들었다. '이렇게 아름다운 세상에 나만 혼자 칙칙하구나.' 잉크가 번지듯 나도 모르게 가슴 한구석이 까맣게 물드는 것은 어쩔 수 없었다.

반년 가까이 몸을 회복하는 데 시간을 쏟았다. 겨우 방송 일에 복귀했지만 시간이 흐르자 다시 상태가 나빠졌다. 일을 시작한 지 10년 만에 그토록 바라던 메인 작가가 된 나는 결국 1년을 채우지 못하고 그 바닥을 떠났다. 달라진 건 없었다. 나의 체력과 시간을 갈아 넣어야 하는 현실도,

애써서 번 돈을 모두 병원비로 써야 하는 상황도. 후배들까지 챙겨야 하는 책임의 무게만 더 버거워졌을 뿐이었다.

그때는 몰랐다. 생은 어느 한 지점에서 완성되는 것이 아니라, 하루하루 새로운 점을 찍는 일이라는 사실을. 하루가 건강하지 않으면 일생이 건강하기 어렵다는 진리를. 그래서 예상과 달리 그리 멋지지 않은 메인 작가가 되었을 때 나는 허탈했다. 10년 동안 탄탄하게 커리어를 쌓은 자신감 넘치는 방송 작가가 아니었다. 거울에 비친 내 모습은 초췌했고, 그저 피로와 무기력에 절어 있는 환자였다.

'앞으로 이 일을 계속하며 살 수 있을까'라는 근본적인 의문이 들었다. 아니, 이 일을 나는 정말로 하고 싶은가. 몸이 아프면서 행복할 수 있을까. 이 일이 그것을 감당할 만큼 보람된가. 거울 속 환자가 나에게 물었다.

예민 보스는 자기를 아는 게 먼저

일을 그만두었다고 건강이 획기적으로 좋아지진 않았다. 아토피 증상은 예전보다 나아졌지만 상태가 점점 더 나빠지는 병도 있었다. 30대 초반에 처음 나타난 위경련의 발생 주기가 해가 갈수록 짧아졌다. 1년에 두세 번이던 것이, 30대 중반을 넘어가자 매달 앓았다. 소화가 안 되어 체하는 날도 많았다. 그뿐만이 아니었다. 자고 일어나도 개운치 않고 머리에 안개가 낀 것처럼 정신이 흐리멍덩한 때가 잦았다. 속까지 뒤집히는 편두통 횟수도 늘었다.

'벌써 몸이 고장 난 건가. 앞으로 살아야 할 날이 더 많은데.' 할 수만 있다면 온몸을 싹 갈아엎고 처음부터 다시 시작하고 싶은 심정이었다.

뭐라도 도움이 되는 정보를 구하고 싶어서, 때로는 혼자가 아니라는 위안을 얻고 싶어서 아픈 사람들이 모인 온라인 커뮤니티를 들락거리다가 한 기능 의학 병원을 알게 됐다. 그곳에서 다양한 검사를 하는데, 일반 내과에서 치료 방법을 찾지 못한 환자라면 받아 볼 만하다고 했다. 전국에서 '의사가 포기한 환자들'만 모이는 곳이라는 말도 돌았다. 하지만 내가 가고 싶다고 갈 수 있는 병원이 아니었다. 스마트폰 예약 앱을 수시로 확인하다가 누가 취소를 하면 얼른 예약해야 하는데, 조승우 뮤지컬 티케팅만큼 경쟁이 치열했다. 몇 달째 발만 동동 구르다가 예약에 성공했을 때는 마치 병이 다 나은 것처럼 환호했다.

진료 당일, 나는 혹시나 잊어 버릴까 봐 스마트폰에 내 병의 이력과 특이 사항을 전부 메모했다. 버스를 타고 두 시간 동안 이동하면서 혹시나 빠뜨린 내용이 없는지 확인하고 또 확인했다. 병원은 명성이 무색하게 조그마한 규모의 동네 의원이었다. 안으로 들어가니 이미 대기 환자들로 빽빽하게 차 있어서 앉을 자리도 없었다. 대기하는 환자들의 표정은 하나같이 지치고 피곤해 보였다. '저 사람들 역시 나를 그렇게 보겠지'라는 자각이 들면서 동병상련의 정을 느꼈다. 예약을 했음에도 의사 얼굴을 보기까지는 한 시간 반을 더 기다려야 했다. 유명한 병원은 늘 그러니까. 두 시간 걸려 병원에 도착하고 한 시간 반을 기다려도 의사와의 대화는 길어야 3분. 언제나 아쉬운 건 아픈 쪽이다.

마침내 알현한 의사는 대기 환자들보다 훨씬 더 피곤한 표정이었다. 눈가에는 판다처럼 다크서클이 짙게 내려와 있었다. 나는 앉자마자 쫓기는 사람처럼 스마트폰에 메모해 둔 증상을 읊었다. 내 뒤에 밀려 있는 환자가 줄줄이었고, 어렵게 얻은 기회인데 짧은 시간 안에 하나라도 더 상세히 알려야 한다는 조바심이 들었다. 나 그렇게 만만한 환자 아니니 혹시나 대충 약 처방하고 끝낼 생각은 하지도 말란 듯이 한껏 독한 표정도 곁들였다.

연신 아메리카노를 들이켜는 의사는 목이 쉬어 있었다. 내게 질문할 때마다 마른기침을 콜록거렸는데, 누가 보면 의사와 환자가 바뀐 줄 알 정도였다. 전국에서 몰려온 아픈 사람의 하소연을 종일 들어 주는 것도 보통 노동이 아닐 터. 환자들을 돌보느라 제 몸은 돌보지 못하는 의사라니. 고장 난 몸으로 방송 작가를 하며 건강 프로그램 원고를 쓰던 과거의 내 모습이 겹쳐 보이는 듯했다.

나의 조바심이 무색하게, 판다 의사는 내 말을 꼼꼼히

키보드로 받아 치며 10분 넘게 들어 주었다. 그래서 환자가 그렇게 밀려 있던 것이다. 나름 종합병원이라고 자부(?)해 왔는데 그 병원에서 나 정도는 흔한 경증 환자인 분위기였다. 영양 상태와 각종 수치를 확인하려고 혈액을 다섯 통쯤 뽑았다. 모발 일부를 잘라 중금속 검사까지 맡기기로 했다. 병원비가 50만 원 가까이 나왔다. 원인만 알아낸다면, 그래서 조금이라도 컨디션이 나아질 수 있다면 아깝지 않았다.

2주 후, 검사 결과를 들으러 다시 병원을 찾았다. 가장 눈에 띄는 결과는 알레르기 정도를 나타내는 수치였다. 2038이라고 적힌 숫자는 절대 기준을 몰라도 한눈에 높아 보였다. 의사에게 보통 사람들은 얼마나 나오느냐고 묻자, '100 내외'라는 답변이 돌아왔다.

그러니까 나는 평범한 사람보다 20배나 높은 알레르기 반응을 일으킨다는 것. 한마디로 예민하다는 뜻이다. 몸에 아주 작은 자극만 감지되어도 '비상사태'로 인지하고 면역계가 격한 반응을 일으킨다. 새로 인테리어를 한 카페에 들어가면 다들 아무렇지 않다는데 나 혼자 얼굴이 화끈거리고 눈이 매워 눈물을 찔끔거리는 이유가 있었다. 알레르기 수치가 이렇게 높으니 아토피피부염이 있는 것이 당연했다.

생각지 못하게 음식 알레르기도 있었다. 특히 한국인이라면 떼려야 뗄 수 없는 마늘, 매일같이 챙겨 먹었던 달걀에 극심한 알레르기가 있다니 뒤통수를 맞은 듯했다. 나처럼 수치가 높으면 김치에 양념으로 들어간 마늘만으로도 해롭다고 했다. 김치는 물론이고 마늘이 듬뿍 들어간 알리오 올리오 파스타를 즐겨 먹고 갓 구운 마늘빵을 사랑하던 내가 아닌가. 운동해도 근육이 잘 안 생기는 원인이 단백질 부족이라 판단하고 줄기차게 삶은 달걀을 챙겨 먹기도 했다. 게다가 밀가루 음식을 그렇게 좋아했는데 글루텐 알레르기라니! 식후에 답답한 속을 다스리겠다며 챙겨 먹었던 파인애플과 키위에도 꽤 높은 강도의 알레르기가 있었다.

지연성 알레르기 반응은 피부 발진이나 가려움증으로만 나타나는 게 아니라고 했다. 사람에 따라 속이 답답하거나 무기력증이 나타나기도 하고, 두통으로도 발현된다고 했다. 잦은 속쓰림과 위경련, 편두통, 땅속으로 꺼질 듯 가라앉는 컨디션이 이제야 이해가 됐다.

몸에 좋다고 믿었던 음식의 배반이었다. 건강에 '일반적으로'라는 상식은 통하지 않았다. 마늘이 99명에게 좋은 식품이라도 나에게 나쁘다면 나쁜 음식이다. 그동안 건강에 그렇게 관심을 가지면서도 정작 '나'에 대해서 모르고 살았구나, 하는 후회가 밀려왔다. 예민하다는 것은 성격의 문제이지, 몸 상태나 식생활과도 관련이 있는 줄은 몰랐다. 환경이나 음식에 민감도가 높으니 신경이 날카로워지고 몸도 쉽게 피로했다.

앞으로 내가 해야 할 일은 명백했다. 알레르기가 있는 음식을 최대한 피하고, 음식을 먹은 후에 몸의 변화를 세심하게 살피는 것. 달걀을 먹고 가슴이 답답하다면 그냥 넘기지 말고 다음번에도 또 그러는지 내 몸 상태에 귀를 기울여 보는 것이다.

병이 나은 것은 아니지만 관리 방법을 알게 되었으니 큰 수확이었다. 물론 그런 노력을 하더라도 별 소득이 없을 수도 있다. 수많은 치료법을 시도하면서 배신을 당하고 체념한 적이 한두 번이 아니라서 실망에도 익숙하다. 어쩌면 나는 '해 볼 방법'이 있다는 사실 자체에 희망을 품는지도 모르겠다. 무엇이라도 내 힘으로 해 볼 만한 시도들이 아직 남아 있다면, 그것이 설령 썩은 동아줄일지언정 손을 놓고 있진 않을 테다.

그 후 나는 알레르기가 있는 음식을 최대한 피하고 내게 맞는 음식을 가까이 하며 지내고 있다. 다행히 예전보다 컨디션이 좋은 날들이 많아졌다. 30대 내내 매달 반복되던 위경련이 잠잠한 지 어느새 반년이 다 되어 간다. 나는 이런 호전을 '나을 때가 되어서 나은 거겠지' 하며 우연으로 취급하지 않는다. 그동안 해 온 노력에 대한 보답으로 받은 선물이라고 믿는다.

예민한 몸으로 사는 것은 당장은 불편해도 멀리 보면 유리한 점도 있다. 건강에 자만하지 않고 수시로 몸을 챙기게 된다. 과로하지 않고 술을 멀리한다. 가끔 치팅으로 치킨을 즐길지언정 평소 콜라에는 손도 대지 않는다. 자신을 제대로 알고 잘 돌보면 오히려 큰 병이 오는 것을 막을 수 있다. 마치 나의 예민한 면역 체계가 365일 방어 태세를 갖추고 나를 호위하는 장병들처럼 든든하게 느껴진다. 장병들이 기겁하는 마늘을 자꾸만 몸속으로 밀어 넣었던 것, 이 자리를 빌어 사과한다.

까다로운 육식주의자

TV 채널을 돌리는데 〈SBS 스페셜〉 '육채전쟁'이란 다큐멘터리가 시선을 사로잡았다. 육식 대 채식이라니 뭐 이런 하나 마나 한 대결을 하지? 당연히 채식이 몸에 좋은 것 아닌가. 나는 의아해하며 리모컨을 멈추고 방송을 지켜보았다. 건강을 위해 육식주의를 한다는 사람들의 식단은 그야말로 충격 그 자체였다. 달걀 스크램블에 양의 뇌를 넣어서 볶는다거나, 소의 생간을 얼렸다가 디저트처럼 꺼내 먹었다. 회사에서도 식단을 유지하고자 매일 새벽 도시락을 싸서 다녔는데, 그 내용물은 손수 만든 소고기 육포와 치즈였다. 여간 부지런하지 않으면 못할 정성이었다.

독특하게도 그들의 식단에는 한국인의 힘, '밥'이 빠져 있었다. 그들은 탄수화물과 채소를 거의 먹지 않고 육류와 생선의 좋은 지방 위주로 식단을 바꿨더니 고혈압과 당뇨가 나아졌고 평생 앓던 변비가 사라졌으며 무기력증에서 해방되어 매일 매일 힘이 넘친다고 주장했다.

아무리 자극적인 방송이라도 아예 거짓 사연을 내보내지는 않을 터. 전직 방송 작가였던 나는 그것이 과장일지언정 아주 거짓말은 아니라고 판단했다. 인터넷에 검색해 보니 일명 '구미호 식단'을 실천하는 사람들의 커뮤니티가 있었다. 그곳에 가입하여 정보를 캐냈다. 뭔가 건강에 도움이 될 만한 내용이 있지 않을까 하는 호기심이 일었다.

그 커뮤니티에는 나처럼 이곳저곳 몸이 성치 않으나 현대의학 치료로 큰 효과를 보지 못한 사람들이 꽤나 모여 있었다. 식단의 골자는 아득하게 먼 옛날, 인류가 수렵과 채집으로 먹고 살던 그 시절로 돌아가자는 것. 당연히 패스트푸드나 초콜릿, 과자처럼 비교적 최근에 나타난 가공식품은 먹지 않는다. 농업으로 생산한 곡물도 마찬가지다. 따지고 보면 호모사피엔스가 살아온 15만 년이 넘는 세월에 비해 농경 생활을 한 약 1만 년은 상대적으로 긴 시간이 아니다. 지금은 밥이나 빵을 당연한 주식으로 여기지만, 인간이 한곳에 정착하여 농사를 지은 후부터 쌀이나 밀가루를 먹기 시작했다. 수렵·채집 사회에 살던 우리 조상들이 본다면 지금의 쌀과 밀가루 역시 몸에 해로운 가공식품으로 여길지도 모를 일이다.

농업혁명 전에 인간은 주로 동물을 사냥하거나 나무에서 열매를 따 먹으며 살았다. 운 좋게 덩치 큰 매머드라도 잡는 날이면 언제 다시 올 기회일지 모르니 배가 터지도록 먹고, 사냥에 연거푸 실패하면 꼼짝없이 수일도 굶었을 것이다. 간헐적 단식이 건강에 좋다고 하는 이유도 어쩌면 수렵·채집인의 시계가 우리 몸속에 남아 있어서 아닐까. 365일 낮이고 밤이고 음식이 넘쳐 나는 지금은 식사를 배불리하고도 습관처럼 과자, 사탕, 젤리, 과일 주스를 입속으로 집어넣는다. 언제든 손만 뻗으면 음식을 먹을 수 있는 환경은 편리하긴 하지만 과연 건강에 이로울지 의문스럽다.

다시 돌아가, 동물을 사냥했을 때 영양이 가장 많은 부위를 먼저 먹을 텐데 그 부분이 바로 내장이며 그중에서도 간이라는 것이다. 실제로 소간에는 단백질과 비타민, 무기질 등 영양소가 중량 대비 풍부하다. 구미호가 인간의 간을 먹는 이야기나, 용왕님이 거북이에게 토끼 간을 가져오라고 시킨 구전에도 나름 근거가 있지 않을까. 나는 점점 그들의 논리에 설득되었다.

그들은 진지하고 학구적이었다. 자신들이 먹는 소의 간이나 동물 내장에 어떤 영양소가 들어 있고, 어떻게 조리했을 때 더 효과적으로 영양을 섭취할 수 있는지 학술 자료를 분석해 가며 정보와 지식을 공유했다. 나는 게시글과 후기를 읽으며 고개를 끄덕이면서도, 평생 고기는 나쁘고 채소는 좋은 것으로 알고 살았기에 온전히 받아들이기가 힘들었다. 그렇다면 직접 먹어 보면 된다.

건강한 육식을 하려면 살을 찌우기 위해 가둬 놓고 GMO(유전자 변형 식품) 곡물 사료를 먹인 소가 아닌, 자유롭게 풀을 뜯어 먹고 자란 자연 방목 소고기를 구해야 했다. 우리나라에서는 판매하는 곳이 거의 없고 값 또한 굉장히 비쌌다. 검색 끝에 냉동 수입 원육을 판매하는 곳을 발견해 주문한 목초 소고기를 매일 아침, 밥 대신 구워 먹었다.

그런데 마블링이 가득해 입에서 사르르 녹는 한우와는 맛이 전혀 달랐다. 누린내가 심하고 고무를 씹는 것처럼 육질이 질겨서 먹기가 고역이었다. 소고기가 맛있는 이유는 지방 때문이라는 걸 제대로 느꼈다. 시행착오를 반복한 끝에 최적의 굽기 정도를 알아내고 소금을 많이 쳐서 먹으니 그나마 먹을 만했다.

매일 먹는 식단에 천연 버터를 추가했고, 그동안 아삭한 식감에 즐겨 먹던 샐러드도 끊었다. 콩과 시금치처럼 건강에 좋다고 알려진 채소들도 일절 먹지 않았다. 마치 엄마 말 안 듣는 청개구리가 된 것처럼, 나는 상식과 정반대의 식단을 지속했다. 기분 탓일까. 예전보다 소화가 잘되었고 늘 무기력하던 몸에 활기가 돌았다. 육식주의 식단은 나와 꽤 잘 맞는 것 같았다.

　어느 날은 일부러 육회집에 찾아갔다. 용기를 내어 태어나서 처음으로 소간을 시켜 보았다. 곱창을 먹을 때 시뻘건 소간이 나오면 징그럽다고 옆 사람에게 떠넘기던 나였다. 비릿한 냄새가 거슬렸지만 참기름을 듬뿍 찍어서 먹으니 먹을 만했다. 구하기 힘든 싱싱한 소간이니 기회가 왔을 때 양껏 먹어 놓자 싶어 한 접시를 다 비웠다. 그리고 그날 밤, 나는 화장실과 한 몸이 되어 몸부림을 쳤고 며칠을 앓았다.

　간을 먹고 탈이 난 뒤 이 식단의 지속 가능성에 의심이 들었다. 이것이 독소 배출 현상인지, 아니면 그냥 내 몸에 안 맞는 것인지 모를 일이었다. 맹목적인 믿음으로 먹기에는 위험 부담이 컸다. 이런 딜레마는 때마침 자연스레 해결됐는데, 다름 아닌 경제적 이유였다. 러시아 우크라이나 전쟁이 길어지면서 고깃값이 천정부지로 뛰어오르자 수입 목초육을 계속 먹기가 부담스러워진 것이다. 결국 6개월 정도 지속했던 엄격한 육식주의 식단을 내려놓았다.

하지만 그 후로도 식단 공부를 하면서 얻은 지식을 지속 가능한 범위에서 지키고 있다. 예를 들어, 일부러 살을 찌워 마블링이 가득한 한우를 굳이 먹지 않고, 기왕이면 닭고기도 자연 방목해서 키운 것을 구매한다. GMO 곡물 사료를 먹이지 않은 육류를 쉽게 공급받고자 생협 조합원으로 가입했다. 입에도 대지 않던 생선구이를 즐겨 먹고 고춧가루와 마늘, 파를 습관처럼 쓰지 않는다. 콩이 들어가지 않은 어간장으로 간을 맞춘다. 이 정도는 내가 평생 실천할 수 있을 것 같다.

예전에는 고기를 먹는 것이 일종의 치팅이었다면, 지금은 채식이 나에게 치팅이 되었다. 사실 나는 꼭 건강 때문이 아니라 맛있어서 채소를 좋아했다. 봄 내음 나는 냉이와 두릅, 향긋한 미나리, 참기름에 무친 고소하고 쌉쌀한 유채 나물, 삼겹살에 싸 먹는 깻잎을 어찌 포기한단 말인가. 건강을 위해서만 음식을 먹는 것은 아니니까. 요즘은 옥상 텃밭에서 기른 바질 잎을 뜯어다가 버터를 듬뿍 바른 사워도우 빵에 얹어 먹는다.

'채식이 몸에 좋고 육식은 나쁘다'가 세계적인 주류 의견이다. 비거니즘은 환경과 동물권을 생각하는 '깨인 사람들'의 식단이란 이미지 덕분에 하나의 트렌드가 되었다. 식품 대기업들도 이를 놓칠세라 대체육을 비롯한 비건 식품을 앞다투어 내놓고 있다. 고기와 비슷한 식감이 나도록 만든 '콩 고기'와 동물을 위한다는 '비건 우유'에 얼마나 많은 인공 성분의 감미료가 들어가는지 식품성분표를 확인하면 깜짝 놀랄 것이다.

나는 채식주의로 돈을 버는 사람들이 누구인지도 주목한다. 자본주의 사회에서 건강을 지키며 사는 일은 그렇게 단순하지 않다. 지금껏 내 의지로 선택한 식단이라고 믿었지만, 알고 보면 언론이나 전통적인 교육, 마케팅에 따라 결정된 것들도 많다. 나는 나에게 맞는 음식이 무엇인지 스스로 알아보고 선택하여 식단을 재편성했다.

육식주의라는(동물 복지를 전제하지만), 어찌 보면 원시적인 비주류 식단을 지향한다고 말하면 사람들이 이상한 눈으로 볼 것도 안다. 하지만 남에게 피해를 주지 않는다면 내 몸에 들어갈 음식은 내가 결정할 권리가 있다. 당뇨 환자에게는 식이섬유가 많은 현미가 좋을지 몰라도, 소화력이 약한 사람에게 곡물의 겉껍질은 해가 된다(아무래도 겉껍

질을 제거하지 않으면 잔류 농약에서도 자유롭지 않다). 무조건 다 좋은 것은 없다. 얻는 만큼 잃는 것도 있으니 그중 무엇을 취하는 게 자신에게 나을지 따져 보아야 한다.

사람마다 외모와 성격이 다른 것처럼 잘 맞는 식단이 다르다고 믿는다. 자동차도 저마다 경유, 휘발유, 가스, 전기 등 쓰는 연료가 다른데, 하물며 복잡미묘한 유기체인 인간에게 하나같이 채식이 좋으란 법이 있을까. 예민한 사람은 그래서 스스로 더 세심하게 챙겨야 한다.

사실 무얼 먹어도 건강한 사람이라면 이렇게까지 식단에 집착하지 않을 테고 그럴 필요도 없다. 40년 넘게 삼시 세끼 라면만 먹고도 91세까지 장수한 할아버지의 사연을 기사에서 읽었을 때는 내가 애써 지키는 건강 철학이 다 무슨 의미가 있을까, 기운이 빠지기도 했다. 건강을 걱정하지 않고 자유롭게 먹고 싶은 대로 먹는 삶이란 도대체 어떤 기분일까. 솔직히 부럽긴 하다.

좋은 것에는
언제나 시간과 노력이 든다

　　만약 무엇을 먹어도 건강에 해롭지 않다면 튀김을 산처럼 쌓아 놓고 먹어 보고 싶다. 햄버거에 곁들이는 감자튀김, 입 안에서 톡톡 터지는 탱글탱글한 새우 튀김, 마요네즈에 찍어 먹는 오징어 링, 떡볶이 국물에 버무린 야채튀김과 군만두, 갓 튀긴 후라이드치킨은 말해 뭐하나. 비오는 날이면 자동으로 떠오르는 김치전, 해물 파전, 육전은 또 어떤가. 기름으로 튀기고 지진 요리는 왜 하나같이 그렇게 맛있는지! 튀김옷의 바삭바삭한 식감과 고소하고 짭짤한 감칠맛이 맥주를 부른다. 하지만 아토피가 있는 내게는 금단의 열매와도 같은 튀김. 그 이름도 야속한 튀김!

트랜스 지방이 가득한 튀김은 염증을 일으켜 건강에 여러모로 나쁘다고 알려져 있다. 특히 오래된 기름은 더 해로우니 빛깔이 탁한지 살펴보기도 했다. 그래봤자 어차피 고민 끝에 입속으로 들어가는 일이 더 많지만. 그동안 기름의 신선도만 중요하다고 생각했지 종류에 대해서는 미처 따져 보지 못했다. 그러다가 유튜브 알고리즘이 추천한 '씨앗 기름' 영상은 그야말로 충격이었다.

가정과 식당에서 일반적으로 흔히 쓰는 식용유를 씨앗 기름이라 통칭했다. 그러고 보니 식용유는 콩, 옥수수, 유채 씨, 포도 씨 등 주로 식물의 씨앗에서 추출한다. 건강 유튜버는 현대인의 건강을 해치는 주범이 씨앗 기름이라고 했다. 직접 요리할 때뿐만 아니라 무심코 집어 먹는 빵, 과자, 초콜릿 등에도 이 기름이 기본으로 들어간다.

씨앗 기름이 몸에 해로운 이유는 이렇다. 식물은 움직이지 못해 천적으로부터 도망칠 수 없으므로, 번식의 매개체인 씨앗에 독성을 품어 동물이 먹지 못하게 한다. 독성의 정도는 식물마다 차이가 있겠지만 말이다. 그리고 식용유로 사용하는 콩, 옥수수, 유채는 대부분 대량생산을 위해 유전자를 조작한 작물이며, 제초제를 많이 써서 곤충도 먹지 않는다. GMO 작물의 유해성은 논란이 많지만 나처럼 예민한 사람은 아무래도 피하는 게 낫지 않을까. 게다가 껍질이 딱딱한 씨앗에서 기름을 추출하려면 화학 용매제를 넣어서 녹여야 하는데 이때 발암물질이 발생할 수 있다. 투명한 플라스틱 병에 든 식용유는 유통 과정에서 햇볕에 산화되기도 한다.

실제로 나는 튀김을 먹으면 피부가 붉어지고 가려웠다. 치킨, 감자 튀김, 탕수육을 연달아 먹는 날에는 긁은 부위에서 진물이 올라오기도 했다. 그렇게 식탐에 무너져 피부 문제가 생기면 최소 두 달은 고생했고, 어리석은 행동을 반복하는 나 자신이 한심스러웠다. 기름으로 만든 요리를 자제하려고 삶거나 데치는 방식으로 조리해서 먹기도 했지만 언제까지 그렇게만 살 수는 없다. 하다못해 멸치를 볶으려고 해도 필요한 게 기름이니 말이다.

찾아보니 씨앗 기름을 먹지 않는다는 사람들은 대신 동물 지방을 사용했다. '라드'나 '우지'라는 이름으로 불리는 기름을 나도 어릴 적 들어 본 적이 있다. 그런데 소기름을 먹다니 건강에 해롭지 않을까. 동물성 포화지방을 많이 섭취하면 심혈관에 좋지 않다는 건 누구나 아는 상식이다.

그런데 동물성 지방도 다 똑같은 것이 아니란다. 자연 상태에서 원래 먹는 것을 먹도록 방목하여 키운 동물에서 얻은 지방이어야 한다. 도토리를 먹고 자란 스페인 이베리코 돼지, 풀만 먹은 소나 양의 지방은 오메가3와 오메가6 지방산의 비율이 적당해서 혈관에 염증을 일으키지 않는다고 했다. 가공식품이 나쁜 것은 당연히 알지만, 동물성 지방이 모두 나쁘다는 것은 어쩌면 오해일지도 모른다. 동물의 지방이 아니라, GMO 곡물을 먹고 좁은 사육장 안에서 스트레스를 받으며 자란 동물의 지방이 해로운 것 아닐까.

드디어 씨앗 기름을 대체할 실마리를 찾은 듯했다. 우선 집에 있는 씨앗 기름을 모두 치워 버렸다. 도토리만 먹고 컸다는 이베리코 베요타 품종의 냉동 삼겹살을 인터넷을 통해 구했다. 이베리코 베요타라면 나에게 친숙하다. 내가 정말 좋아하는 스페인 음식 '하몬'이 바로 이 돼지의 뒷다리를 소금에 절여 숙성해서 말린 후 슬라이스한 것이다. 글을 쓰는 지금도 짭조름한 감칠맛의 하몬을 떠올리니 혀 밑에 침이 고인다. 하몬이 되어 주는 고마운 돼지 베요타라면 기름도 먹을 만하겠지.

배달된 냉동 베요타 돼지 지방은 덩치가 상당히 컸다. 가로세로 각 40센티미터의 거대한 돌덩이 지방을 냉장고에서 이틀 동안 해동하자 제법 말랑해졌다. 나는 정육점 주인처럼 식칼을 들고 지방 덩어리를 해체하기 시작했다. 해동했는데도 워낙에 두꺼워 칼이 잘 들어가지 않는다. 톱질하듯 힘을 주어 썰자 고기가 끊어졌다. 캠핑용 통삼겹처럼 기다란 고기 여섯 덩어리를 다시 한입 크기로 썰었다. 액체 기름으로 만들려면 냄비에 넣고 끓여야 하는데 조각이 너무 크면 시간이 오래 걸릴 테니까. 칼질하느라 애쓴 팔뚝이 욱신욱신했다. 내가 고기를 썰려고 클라이밍을 했구나.

잘게 자른 돼지 지방을 냄비에 넣고 타지 않도록 물을 살짝 부어 끓였다. 수분이 증발하고 나니 탕수육을 튀기는 듯 고소한 냄새가 온 집 안에 풍겼다. 깍두기 같던 지방 덩어리가 점점 쪼그라들면서 액체가 고이기 시작했다. 지방이 말라 비틀어 타기 직전까지 끓이자 냄비 안에 제법 많은 양의 노란 기름이 모였다. 열탕 소독해 미리 준비해 둔 유리병에 기름을 조심조심 따랐다. 한 시간쯤 지나자 기름이 하얗게 굳었다. 아로마 향초처럼 보이기도 했다. 심지를 꽂아서 불을 붙이면 잘 탈 것 같으나 힘들게 얻은 라드에 실험 정신은 여기까지만. 이렇게 라드 세 병을 만드는 데 세 시간이 걸렸다.

어렵사리 얻은 천연 식용유, 손수 만든 라드로 가장 먼저 해 본 요리는 달걀 프라이(달걀 알레르기가 있다는 사실을 몰랐을 때다)였다. 달구어진 스테인리스 팬에 버터처럼 굳은 라드를 한 스푼 떠서 넣었다. 뜨거운 팬 위에 닿자 금세 사르르 녹았다. 그 위로 달걀을 깨뜨리자 지글지글 먹음직스러운 소리와 함께 고소한 냄새가 났다. 소금을 살짝 쳐서 흰자는 바삭하게, 노른자는 터지지 않게 조심스레 익혔다. 그 맛을 어떻게 설명해야 할지. 어떤 기름으로 부쳤을 때보다 맛있는 달걀 요리였다.

한 번 만든 라드는 냉장고에 넣어 두면 6개월은 먹는다. 만들 때 손이 많이 가긴 하지만 반년 동안 기름 걱정 없으니 괜찮지 않은가. 식용유값이 폭등할 때도 냉장고에 쟁여 놓은 라드 덕분에 걱정이 없었다.

지금도 각종 볶음 요리에 라드를 사용하고 있다. 미역 줄거리나 멸치, 건새우를 볶을 때 쓴다. 볶음밥이 먹고 싶을 때는 라드로 밥을 볶아 굴 소스만 넣어도 중화요리에 버금가는 맛을 낼 수 있다. 1989년 '우지 파동'이 있기 전까지 라면은 쇠기름으로 튀기고 중국집에서도 콩기름 대신 라드를 썼다고 한다. 보건복지부에서 우지에 유해성이 없다는 판결을 내렸음에도 한번 생긴 인식을 되돌리기는 어려웠다. 동물성기름은 무조건 나쁘다는 인식이 퍼진 뒤로 값싸고 구하기 쉬운 식물성 씨앗 기름이 그 자리를 대체했고 우리는 맛있는 짜장면과 건강을 잃고 말았다.

예전에는 달걀 프라이가 먹고 싶으면 찬장을 열어 눈에 보이는 아무 기름이나 휘두르면 그만이었다. 그 빠르고 간편한 요리가 달걀 프라이였는데, 돼지 지방으로 부쳐 먹으려고 하니 과정이 험난했다. 돼지가 금방 살이 찌는 옥수수 사료가 아닌 도토리를 먹고 자랄 때까지 기다려야 하고, 그 비계가 스페인에서 한국까지 바다를 건너와야 한다. 비계를 잘게 손질한 뒤 끓여서 액체만 분리한다. 비로소 얻어 낸 귀하디 귀한 천연 기름!

현대의 눈부신 발전은 이러한 동물 사육과 요리에 드는 시간을 단축해서 이룬 성과임을 인정한다. 자연에 가까운 재료로 요리를 하기에 우리는 너무 바쁘니까. 그런데 무엇을 위한 바쁨인지도 생각해 볼 문제다. 결국은 행복하게 살기 위해서 아닌가. 염세주의자인 쇼펜하우어조차 "건강한 거지가 병약한 왕보다 행복하다"라며 행복의 우선 조건으로 건강을 꼽았다. 그러나 빠르고 간편한 생활은 도리어 삶의 질을 떨어뜨리는 만성질환을 불렀다. 이상지질혈증, 고혈압, 당뇨, 류마티스로 평생 약을 먹는다. 성조숙증이나 자궁내막증에 걸리기도 한다.

나는 편리한 삶에 본질적인 의문이 들었다. 과연 그렇게 편리한 삶을 살면서 내가 얻은 것은 무엇이고 잃은 것은 무엇일까. 일할 시간이 부족하다고 3분이면 완성되는 컵라면과 삼각 김밥을 우걱거리며 먹던 시절에 내 몸과 마음의 상태가 어땠는지 기억한다. 내가 먹고 싶은 음식의 재료를 직접 고르고 손질하고 요리할 여유도 없는 하루를 사는 우리 인생은 틀림없이 무언가 잘못되었다.

더하기보다 빼기

집에서 일하는 나는 매일 혼자 밥을 먹는데 밥상이 단출하다. 아침은 버터를 바른 사워도우 빵과 치즈에 갓 내린 커피. 점심 겸 저녁은 생선구이와 쌀밥, 혹은 쇠고기 한 덩이를 먹는다(요즘은 목초우 가격이 많이 올라 무항생제 닭고기나 가끔 양고기를 먹는다). 밥이나 고기를 먹을 때는 느끼함을 잡아 줄 김치를 곁들이지만 그 외에 다른 반찬은 거의 해 먹지 않는다. 후식은 과일 한 조각이면 충분하다.

혹시 영양이 부족할까? 정기적으로 건강검진을 받는데 혈압, 혈당, 콜레스테롤 수치, 간 수치, 근육량, 체중까지 모두 정상이다. 섬유질이 풍부한 채소를 먹지 않아도,

현미밥을 먹지 않아도 별문제가 없다는 뜻이다.

남편의 식단은 더욱 간단하다. 평일에는 점심으로 카페라테 한 잔을 마시고 온종일 '밥'을 한 끼도 먹지 않는다. 유지방이 든 커피 한 잔으로 하루를 생활하는 것이다. 대신 금, 토, 일요일에는 먹고 싶은 음식을 실컷 먹는다. 이날만큼은 배달 음식도 용인한다. 남편이 간헐적 단식을 실천한 지 벌써 3년이 넘었다. 그동안 13킬로그램을 감량하면서 평균 체중을 찾았고, 요요 없이 지금까지 유지하고 있다. 아직 빵을 포기하지 못한 나의 최종 식단 목표도 간헐적 단식이다.

공복 상태를 일정한 주기로 유지하는 간헐적 단식은 과잉의 시대를 사는 현대인에게 권장하는 식사법으로 알려져 있다. 하루 중 16시간 공복 유지, 격일 단식, 일주일에 하루 이틀 굶기 등의 방법이 있다. 실제로 간헐적 단식을 통해 다이어트에 성공하거나 건강을 회복했다는 사례가 심심치 않게 들려 온다. 공복 상태에서 우리 몸은 새로운 세포를 만들기보다 기존 세포를 고치는 데 더 힘을 쏟는데, 그 과정에서 불필요한 살이 빠지고 건강도 좋아진다는 이치다.

《회복탄력성》을 쓴 김주환 교수 역시 음식의 종류에

집착하느니 간헐적 단식을 하라고 추천한다. 무엇을 먹으면 몸에 좋고 해로운지는 연구를 통해 밝히기가 현실적으로 어렵기 때문이다. 붉은 고기를 하루에 100그램 이상 먹으면 대장암 위험도가 17퍼센트 높아진다는 연구 결과가 있더라도, 그 사람이 고기와 함께 와인을 자주 즐기거나 채소를 적게 먹는다거나 하는 변수가 있다면 정확성을 신뢰하기 어렵다. 하지만 공복 상태를 16시간 이상 유지하는 것이 건강에 이롭다는 것은 증명할 수 있다.

'먹는 게 삶의 이유'라고 선언하던 남편이 어느 날 갑자기 건강 다큐를 보더니 간헐적 단식을 시작했다. 밤마다 꼬르륵거리는 배를 부여잡고 스마트폰으로 주말에 갈 맛집을 검색하는 그가 안쓰러웠고, 저러다 말겠지 했다. 신기하게도 두세 달 지나고부터는 배고픔이 거의 사라졌단다. 1년이 지나자 남편의 바지 벨트 위로 '메롱' 하고 고개를 내밀던 옆구리 살이 사라졌다. 젊은 나이에 혈압과 콜레스테롤 수치가 높아 걱정했는데 모두 정상에 가까운 범위로 돌아왔다. 보기에도 늘씬해졌지만 움직일 때 가볍고 땀이 덜 나서 좋단다. 그는 평생 간헐적 단식을 실천하겠다고 했다.

나는 건강 프로그램 방송 작가로 3년 동안 일하면서

정말 다양하고 희한한 식이요법을 공부하고 소개했다. '특정 음식을 꾸준히 먹어서 병에 도움을 받았다'는 분들의 믿음은 어느 정도 사실이었다. 하지만 그들이 그것만 먹고산 것은 아니다. 오히려 일상에서 엄격하게 '먹지 않은 음식(예를 들어 가공식품)'이 더 많았고 운동이나 치료를 병행했다. 방송의 특성상 하나의 아이템에 초점을 맞출 뿐, 그것이 전부라고 받아들여서는 안 된다. 방송에서도 그러한 주의 문구를 항상 달지만, 시청자들은 이미 '특정 음식'에 현혹된 상태라 눈에 잘 들어오지 않는다. 그것이 간단해 보이기도 하고 말이다.

　나는 무엇을 꾸준히 계속 챙겨 먹으라는 식의 건강법을 믿지 않는다. 아토피로 오랫동안 힘겨운 시간을 보낸 내가 직접 몸으로 겪으면서 깨달은 바다. 특히 특정 건강식품을 매일 챙겨 먹는 건 아픈 사람들에겐 오히려 독이 될 수 있다. 나도 한때 신선한 채소와 과일이 몸에 좋다고 하니 아침마다 녹즙을 주문해 마셨고, 점심시간에는 배부르게 식사한 뒤 후식으로 생과일주스를 즐겼다. 그럴 때마다 생기가 돌기는커녕 기운이 빠지고 속이 더부룩했다. 알고 보니 소화기가 약한 사람이 생채소와 생과일을 즙 형태로 섭취하면 위장에 무리가 된다. 과일을 농축한 생과일주스에는 당 또한 지나치게 많이 들었다.

아토피가 있는 사람은 면역력을 키워야 한다고 많이들 알고 있다. 나 역시 그렇게 알고 한동안 면역력을 높인다는 홍삼 엑기스를 꾸준히 먹은 적이 있다. 알고 보니 아토피는 면역력이 약해서 생기는 병이 아니다. 오히려 면역 과잉 반응에 가까운데, 내 몸에 '적'이 들어왔다고 착각하고 염증을 일으키는 질환이다.

헷갈리는 건강 상식이 한둘이 아니다. 커피의 카페인이 몸에 해롭다는 것만큼이나 커피의 폴리페놀이 노화를 예방한다는 연구 결과도 많다. 우유는 어떠한가. 뼈 건강에 반드시 필요하다는 의견과 젖소를 키울 때 투여하는 호르몬제와 항생제가 인체에 악영향을 끼친다는 의견 등이 분분하다. 의사, 학자마다 주장이 다르고, 각 나라의 발달한 산업이나 문화에 따라 또 다르다. 그럼 어떻게 해야 할까?

내 생각은 이렇다. 매일 안 먹고 가끔 먹으면 된다. 평소에는 평범한 식사를 하되 그런 특정 식품은 가끔만 먹으면 탈이 없다. 밥과 면을 즐겨 먹는 한국인은 탄수화물 섭취 비중이 높기 마련이니 의식적으로 줄이고, 근육을 생성하는 단백질은 충분히 먹는다. 생선이나 목초우에 들어 있는 건강한 지방도 꾸준히 챙겨 먹는다. 나는 이 기본 원칙을 지킨 식단으로 중증 아토피에서 해방됐다. 완치는 아니어도 스스로 관리할 정도가 됐다. 이렇게 간단한 것을 그동안 애먼 짓만 했다. 홍삼, 녹즙, 맥주 효모, 유산균, 야채수, 황태 달인 물, 지장수, 알칼리수를 매일 챙겨 먹을 바에야 쌀밥에 김을 싸 먹는 게 낫다.

다채로운 반찬도, 특이한 건강식품도 굳이 챙겨 먹을 필요 없다. 하나를 먹더라도 제대로 된 음식을 먹는 게 더 낫다. 물론 풀을 먹고 자란 소, 무항생제 돼지와 닭고기, 유기농 채소를 먹으려면 돈이 많이 든다. 같은 식재료인데 두 배 가까이 값이 차이 나는 제품을 사는 게 내키지 않아 나도 오래 망설였다. 그런데 생각해 보면 4천 원짜리 국산 콩 두부를 사는 건 사치라 느끼면서 밖에서 마시는 커피 한 잔에는 아무렇지 않게 8천 원씩 결제하는 모순적인 소비를 했다. 조한경의 《환자 혁명》에디터, 2017, 66쪽을 읽고 정신이 번쩍 들었다.

"집은 능력이 허락하는 최대 평수에서 빡빡하게 살고, 자동차도 분에 넘치는 배기량으로 허덕허덕 겨우 타면서, 몸에는 아무렇지 않게 쓰레기 음식을 집어넣으며 유기농 식품은 비싸다고 외면한다."

그동안 건강에 좋다는 것들을 찾아 헤매고 더할 생각만 했지 뺄 생각은 하지 못했다. 먹지 말라는 것만 덜 먹어도 몸이 달라진다. 그걸 모르고 광고와 잘못된 정보에 혹해서 돈과 정성을 들여 가며 먹을 생각만 했다. 아픈 사람들은 자꾸 귀가 얇아진다. 누군가 "야채수를 6개월 동안 먹고 아토피가 완치됐다던데" 하면 결제 버튼부터 누르던 나였다. 물론 운 좋게 그것이 나와 맞을 수도 있지만 아닐 수도 있다. 그보다는 잘못된 식습관을 고치는 게 먼저다. 배고프지 않은데 먹는 것, 자연에서 나온 재료가 아닌 것, 지나치게 달거나 매운 음식, 튀긴 음식을 되도록 피하는 것이다.

그런데 먹지 말아야 하는 것이 너무 많으면 스트레스를 받는다. 또 먹고 싶은 것을 억지로 참았다가 어느 순간 주체하지 못하고 폭식하게 되는 반동 현상도 무시할 수 없다. 그러니 가끔은 먹고 싶은 것을 허용하고 평소에는 약간 허전한 속을 유지하는 간헐적 단식이야말로 평생 실천 가능한 안정적 건강법이 아닐까 싶다.

모르는 건 약이 아니라 병이다

"나 못 먹겠어."

담양 떡갈비 한 상이 푸짐하게 차려진 한정식집에서 나는 울먹거렸다. 억울하고 분하다. 왜 하필 오늘인가. 여행을 좋아하는(정확히는 식도락을 좋아하는) 남편이 남자친구였을 때부터 우리는 주말이면 전국을 돌아다녔다. 한 시간 넘게 줄을 서 어렵사리 들어간 여행지 맛집에서 젓가락을 내려놓는 일은 처음이 아니었다.

10년 넘게 원인 불명의 위경련을 앓았다. 병원에 가면 진경제를 처방해 주는 게 다였고, 주말에는 급한 대로 약국에 가서 약을 사 먹거나 응급실에 가기도 했다. 약은 놀라울 정도로 효과가 없었다. 침이라도 맞아 볼까 싶어 '위염 한의원'으로 검색해서 나온 가까운 한의원에 갔다가 원장의 현란한 말솜씨에 넘어가 고가의 한약을 구매한 적도 있다. 내과에서 위내시경은 물론 초음파 기계로 담도, 췌장, 간, 신장까지 싹 훑었지만 특별한 원인을 찾아내지 못했다.

그런데 나와 비슷한 위장 질환을 겪는 사람이 생각보다 많았다. 인터넷에 올라온 저마다의 고민을 읽자니, 도대체 우리나라에 위가 멀쩡한 사람이 있기는 할까 싶을 정도였다.

앞서 말한 기능 의학 병원에서 혈액 검사를 했더니 '중등도 위산 분비 저하증'이라는 생소한 병명이 나왔다(그러나 주류 의학계에서는 '위산 분비 저하'라는 개념을 인정하지 않는다고 한다. 원인 모를 위장병으로 고생하는 환자들이 기능 의학을 찾는 까닭이다). 속이 아파서 내과에 가면 보통 위산을 억제하는 약을 지어 줬다. 나 역시 속이 쓰리니까 당연히 위산 분비가 지나치거나 염증이 있는 줄 알았다. 그런데 위산이 부족하다니 의외의 진단이었다.

알고 보니 위산 분비 저하와 위산 과다는 증상이 비슷하단다. 또 위산 분비가 떨어지고 소화력이 약한 사람은 보통 피부 문제를 안고 있다고 했다. 그럼 아토피도 위산 분비 부족과 관련이 있지 않을까. 속으로 퍼즐 조각을 맞춰 보았다.

"저는 이제 어떻게 해야 하나요?" 나는 인생의 구원자라도 만난 것처럼 의사의 처방을 기다렸는데 그는 허망한 답변을 내놓았다. "별 방법이 없어요. 식초 드세요."

냉면에 뿌려 먹는 새콤한 식초가 약이라니 황당했다. 위산이 잘 나오지 않으니 매 끼니 식사를 끝내자마자 식초를 물에 희석해서 마시라는 것이다. 위산 분비 저하를 해결할 약은 아직 없다고 했다. 그래서 일반 내과에서는 위산 억제제만 지어 준 것일까. 그동안 의사들에게 속았다는 기분이 들면서, 한편으로는 이 의사의 말은 신뢰해도 될지 의심스러웠다.

그러고 보니 나는 위경련이 나지 않는 날에도 늘 소화가 잘 안됐다. 식사하고 나면 몇 시간 동안은 헛트림이 연거푸 올라왔고, 속이 막힌 것처럼 갑갑해 가슴을 주먹으로 쾅쾅 두드리는 날도 많았다. 뱃속에 가스가 빵빵하게 차 있는 것은 오래전부터 그래 왔으니 대수롭지 않게 여겼다.

어려운 일은 아니니 속는 셈 치고 식후에 식초를 먹기 시작했다. 소주잔에 사과 식초를 3분의 1 정도 붓고 나머지는 물로 채운 후 꿀떡 삼켰다. 새콤한 음식을 좋아하는 편이라 먹을 만했다. 외식할 때는 식초가 없어서 어쩌나 했는데 나 같은 사람을 위해 이미 '식초 캡슐'이 시중에 나와 있었다. 지금도 외출할 때는 조그마한 약통에 식초 캡슐 두세 알을 넣어서 가방에 챙긴다.

식초를 챙겨 먹은 지 벌써 3년 차가 됐다. 효과가 있었는지, 이전보다 훨씬 속 편하게 살고 있다. 한 달에 한두 번씩은 꼭 찾아오던 위경련이 두 달에 한 번, 석 달에 한 번으로 점점 줄더니 지금은 분기별 행사가 됐다. 이 정도 빈도라면 버틸 만하다. 만성질환은 완치라는 개념이 없으니까. 내가 지닌 병들은 항상 호전과 악화를 반복하며 나를 긴장하게 한다. 증상을 유발하는 환경을 최대한 피하고, 증상이 나타났을 때 빠르게 대처하여 악화 빈도를 서서히 줄여 나가는 것이 내가 병과 함께 지내는 법이다.

"모르는 게 약이요, 아는 게 병"이라는 말이 있는데, 자주 아픈 사람에게는 '모르는 게 병, 아는 게 힘'이다. 한때 아토피 치료로 유명하다는 병원을 전전했을 때, 나는 한 번도 피부과나 약국에서 연고 바르는 법이나 주의 사항에 대해 들어 본 적이 없었다. 알고 보니 스테로이드 연고는 그 놀라운 효능만큼이나 주의가 필요한 약물이다. 피부가 금세 가라앉는다고 남용했다가 홍조나 부종, 진물 등 극심한 부작용에 시달리는 사람들이 조금만 찾아봐도 흔하다.

스테로이드 연고는 손가락 한 마디만큼의 양을 두 손 바닥만 한 범위 이내에 발라야 하며, 의사의 처방 없이 2주 이상 바르지 않아야 한다. 그 이상 발랐을 경우 테이퍼링(매일 바르던 것을 이틀에 한 번, 사흘에 한 번씩으로 단계적으로 줄이는 것)을 통해 끊어야 부작용이 없다는 사실을 나는 인터넷 검색과 유튜브로 배웠다.

만성질환을 앓는 안희제와 이다울이 편지 형식으로 주고받은 글을 엮은 책《몸이 말이 될 때》동녘, 2022, 132쪽에는 "치료 또한 자기계발 기술과 같이, 개인의 역량을 발휘해야 하는 모양새"라는 말이 나온다. 요즘 말로 '갓생'을 살려면 기본 전제가 건강해야 하는데 그러려면 좋은 식습관을 유지하며 부지런히 운동해야 할 뿐만 아니라, 병에 대해 잘 알아야 한다. 쏟아지는 정보 속에서 잘못된 부분을 가려내고 내게 필요한 내용을 분별할 줄 알아야 병을 적절하게 치유할 수 있다. 의사의 처방을 따르는 것이 기본이겠지만, 스스로 삶을 개선하겠다는 의지를 갖고 공부해야 조금이라도 더 빨리 통증 지옥에서 벗어난다.

누구나 한번 태어나면 신체를 바꾸지 못한다. 마치 자

동차 '뽑기 운'처럼, 70년을 써도 튼튼한 몸이 있고 걸핏하면 이유 없이 잔고장이 나는 몸도 있다. 왜 내 차만 자꾸 고장이 나냐고, 매장에 가서 바꿔 달라고 하면 바꿔 주나.

나는 뽑기 운이 좀 나빴다. 그렇다고 폐차할 수 없다. 관리하고 잘 달래서 타는 수밖에. 나만 왜 자꾸 아프냐고 주저앉아 불평하는 대신, 나는 내 몸에 귀 기울이고 병을 탐구한다. 내 몸의 친절한 관리인이 되어 부지런히 필요한 것들을 챙긴다. 이렇게 하면 앞으로 50년 더 타는 데 무리가 없을 것이다.

무기 없이 싸우지 말 것

두 번은 못 할 결혼식이었다. 남들이 결혼 준비하느라 힘들다고 할 때 속으로 '이것저것 욕심 부리느라 그렇겠지' 생각했다. 막상 겪어 보니 아무리 간소해도 양가가 만나고 하객을 초대하는 행사는 신경 쓸 일이 태산이었다. 웨딩 플래너란 직업이 왜 존재하는지 비로소 실감했다. 나중에 결혼식 사진을 넘겨 보니 우리 부부가 가장 행복한 미소를 지은 건 식을 마치고 웨딩 카 앞에 섰을 때였다. 얼마나 홀가분하던지! 드디어 하와이로 떠날 일만 남았으니 말이다.

오후 결혼식이어서 공항 근처 호텔에서 첫날밤을 보내고 다음 날 떠날 계획이었다. 긴장을 너무 많이 했던 탓인지 자꾸만 하품이 나오고 속이 더부룩했다. 아니나 다를까, 다음 날 아침 눈을 뜨자마자 그분이 오셨다. 눈 옆 관자놀이가 펄떡펄떡 날뛴다. 누군가 내 머리에 철모를 씌우고 망치로 사정없이 두드리는 것만 같다. 할 수만 있다면 뇌를 꺼내 찬물에 담그고 싶은 심정이었다. 지긋지긋한 두통아, 제발 한 번만 봐 주라. 나 비행기 타야 한다고.

신랑이 공항 약국에서 허겁지겁 타이레놀을 사 왔다. 그럼 그렇지, 전혀 차도가 없었다. 갑자기 속이 울렁거렸다. 얼른 화장실로 달려가 변기를 붙잡았다. 화장실 밖으로 나오면 다시 또 울렁거렸고 거의 5분 간격으로 구역질이 났다. 누가 보면 허니문도 가기 전에 허니문 베이비가 생긴 줄 알겠다. 여덟 시간 동안 비행기를 탈 자신이 없었다. 이대로 신혼여행을 포기해야 하는 걸까.

다행히 탑승 시간까지는 아직 여유가 있었고 공항에는 누워서 쉴 공간이 있었다. 나는 쓰러지듯 잠이 들었다. 땀을 뻘뻘 흘리며 한 시간 푹 자고 일어나니 두통이 한결 가라앉았다. 우리는 무사히 하와이행 비행기에 탑승했다.

그 후로도 사람들 앞에서 발표를 할 때, 계약과 관련된 미팅을 할 때처럼 중요하고 결정적인 순간에 두통과 구토의 습격을 받아 곤란한 날들은 꽤 오래 계속됐다. 그러나 요즘은 그렇게까지 치열한 전투를 벌일 필요가 없다. 든든한 무기가 있어서다.

"전형적인 편두통 증상이네요." 난생처음 찾아간 신경과에서 예상치 못한 병명을 듣게 되었다. 의사와 상담 전 미리 작성한 설문지에는 20여 가지 편두통 증상 체크리스트가 있었는데 나는 거의 모든 항목에 동그라미 표시를 했다. '어쩜 이렇게 내 증상과 전부 똑같지?' 놀라울 정도였다.

편두통 증상 체크리스트

☐ 잠을 못 자거나 너무 많이 잤을 때 나타난다.

☐ 스트레스를 받았을 때 나타난다.

☐ 과식했을 때 나타난다.

☐ 생리 전후에 심해진다.

☐ 밝은 빛을 보면 심해진다.

☐ 갑자기 하품이 많이 난다.

☐ 속이 갑갑하다.

☐ 속이 울렁거리거나 구토를 하기도 한다.

☐ 와인이나 치즈를 먹으면 심해진다.

처음에는 머리가 아픈 동시에 속이 울렁거리고 토하길래 음식을 먹고 체한 줄 알았다. 체하면 머리가 지끈거리기도 하니까. 그래서 손을 따고 소화제를 먹고는 했는데, 반대의 가능성은 생각지도 못했다. 편두통이 생겨도 속이 갑갑하고 울렁거린단다.

내가 편두통이 있다는 사실을 알기까지 10년이 넘게 걸렸다. 그동안 효과도 없는 타이레놀만 몇 상자를 먹었는지. 나는 머리가 한쪽만 아픈 게 아니라 전체적으로 아팠기 때문에 편두통이 아닌 줄 알았는데 의사는 꼭 그런 것은 아니라고 했다.

정확한 병명을 알고 나니 우습게도 병이 나은 것처럼 안심이 됐다. 만성질환을 앓아 온 여성학 교수 수전 웬델은 《거부당한 몸》그린비, 2013, 235쪽에서 "어떤 진단이든 진단명을 받았을 때 느끼는 안도감의 일부는 결국 자신이 '미치지' 않았다는 것을 의학적 권위가 인정해 준 데서 오는 것"이라고 했다. 그렇다. 나는 미치지 않았다! 혹시 머릿속에 종양이라도 자라고 있는 건 아닌지 의심이 불안으로 증식할 때면 마음 한구석이 꺼림칙했고, 한편으론 '내가 건강염려증이 지나친가?' '혹시 정신적인 문제는 아닐까?' 진지하게 걱정이 되기도 했다. 머리가 수시로 아픈 증상에 이름이 있다는 사실은 불안을 식혀 줬다.

편두통의 원인을 찾아보면 '뇌신경 및 뇌혈관 기능의 이상으로 인해 발작적, 주기적으로 나타나는 일종의 뇌 질환'이라고 나온다. 뇌 질환이라는 표현이 처음엔 무서웠는데, 남들보다 뇌 신경이나 혈관이 예민하다는 뜻으로 받아들이기로 했다. 성격이 둥글둥글 무던한 사람이 있고 작은 자극에도 소스라치게 놀라는 사람이 있는 것처럼 말이다. 확실히 나는 후자 쪽이다(방송 작가를 그만둔 뒤로 내 휴대폰은 줄곧 무음으로 설정되어 있다).

나는 병을 조금씩 이해하게 됐고 해결 방법을 찾아 나갔다. 우선 편두통이 발생하는 순간을 눈여겨보기 시작했다. 잠을 자다가 갑작스럽게 깨거나, 지나치게 잠을 많이 자는 등 수면 패턴이 깨지면 어김없이 머리가 지끈거렸다. 이것이 편두통의 원인임을 알고 나서는 수면 시간을 일정하게 지키려고 노력하고 있다. 늦잠을 늘어지게 자고 싶어도 편두통이 두려워 몸을 일으킨다. 남편에게 나를 깨울 때는 갑작스레 놀라게 하지 말고, 작은 목소리로 부르거나 살며시 건드려서 깨워 달라고 일러두었다. 과식도 편두통을 유발한다고 하니 배부르면 의식적으로 숟가락을 내려놓는다. 편두통이라는 골 때리는 녀석이 건강한 습관을 갖게끔 나를 이끌었다.

편두통은 특히 20대에서 50대 사이에 많고, 중년 여성 세 명 중 한 명이 편두통 환자라고 한다. 꽤 많은 여성이 나처럼 일상적으로 고통받고 있는 셈이다. '두통, 그까짓 것 좀 참거나 진통제 먹으면 되지' 하는 사람이 있을까. 편두통의 통증 강도는 상상 이상이다. 예전에 나는 통증이 닥치면 도무지 아무것도 할 수 없었다. 일단 두통이 오기 하루 전날부터 온몸이 나른하고 무기력해진다. 본격적으로 시작되면 눈알이 빠질 듯이 아프고 속까지 뒤집혀서 일에 집중하기 힘들다. 타이레놀 두 알 가지고는 어림도 없다. 대한두통학회가 2019년에 발표한 '편두통 유병 현황과 장애도' 조사 결과를 보면 실제로 편두통 때문에 결근이나 결석, 가사노동을 하지 못한 경험이 있는 환자가 31.2퍼센트나 된다.

신경과에서 처방해 주는 편두통 약은 크게 두 가지다. 조짐이 왔을 때 바로 먹는 '증상을 가라앉히는 약', 애초에 두통이 생기지 않게 하는 '예방약'이다. 전자는 하품이 계속 나고 나른하며 머리가 띵해지는 것처럼 편두통 조짐이 나타나면 얼른 먹어 준다. 중요한 건 타이밍. 이미 편두통이 진행해 버리면 약효가 덜하다. 하지만 적시에 먹었을 때의 효과는 놀랍다. 저돌적으로 돌진하던 편두통이 방향을 스윽 틀어서 나를 스쳐 지나간다. 예방약은 혈압 약처럼 매일 챙겨 먹는 약이다. 장기간 복용해야 하니 아무래도 조심스럽고 정말 심각한 사람들에게만 권한다고 한다.

나는 조짐이 생기면 즉시! 먹을 수 있도록 증상 가라앉히는 약을 최대치로 처방받아 늘 가방 속에 넣어 다닌다. 1년에 두어 번 약이 다 떨어질 때쯤엔 신경과에 가서 다시 처방받아 온다. 지갑에 현금 다발이 두둑한 것처럼 그렇게 든든할 수가 없다. 플라시보 효과일까? 약을 처방받고 심리적 안정감을 느끼면서 편두통 횟수가 이전보다 많이 줄었다. 이제 나는 편두통이 두렵지 않다. 편두통을 유발하는 환경을 되도록 피하고 혹시라도 증상이 나타나면 얼른 약봉지를 꺼내면 되니까. 편두통은 이제 나에게 오래 머무르지 못한다. '스치듯 안녕' 하는 사이가 됐다.

한때는 두통을 이겨보겠다고(그거 이겨서 뭐 하려고) 약 안 먹고 미련하게 버티기도 했다. 약을 자주 먹으면 내성이 생긴다는 말도 있고, 자연 치유 능력을 떨어뜨린다고 믿었다. 조금 지나면 괜찮아지겠지, 조금만 더 버텨 보자, 하는 마음으로 미루고 미루다가 바보처럼 사흘 내내 두통에 시달린 후에야 결국 약을 먹기도 했다.

이제는 고집을 버렸다. 수시로 날뛰는 병을 제압하려면 적재적소에 쓰는 약만큼 잘 듣는 무기가 없다. 무기도 없이 맨몸으로 싸우려 하다니, 편두통이 얼마나 코웃음을 쳤을까. 그저 '제가 잘못했습니다' 양손을 번쩍 들고 뒷걸음치는 척하면서 얼른 약을 꿀꺽 삼키는 역공 전략이 최고다. 고민은 고통의 시간만 늘릴 뿐!

두통 일기 쓰기

편두통으로 고생한다면 대한두통학회에서 만든 '두통 일기' 앱을 활용해 보자. 디지털 달력에 두통 조짐, 지속 시간과 강도, 월경 기간, 두통약 복용 여부와 효과 유무 등을 기록해 두통을 효과적으로 관리하기 좋다.

몸이 불편할수록 불편하게 살기

밖에 나갈 때는 꼭 텀블러를 챙긴다. 강의하러 갈 때도, 친구와 만날 때도 넉넉한 가방을 메는 이유는 덩치 큰 텀블러를 넣어야 하기 때문이다. 안 그래도 짐이 많은데 500밀리리터 물을 가득 담은 텀블러라니. 귀찮기 짝이 없지만 습관을 들이려 한다. 환경을 위하는 거룩한 마음 때문만은 아니다. 내 몸이 민감해서 그렇다. 종이컵 안쪽의 코팅 성분이 뜨거운 커피에 닿으면 미량이나마 환경호르몬이 나올 수 있다. 플라스틱 병에 든 생수도 가능한 한 피하고 싶다. 유난을 떤다고 생각해도 어쩔 수 없다. 내 몸은 누가 대신 지켜 주지 않으니까.

그동안 허리가 자주 아픈 이유는 당연히 허리가 약해서라고 생각했다. 20대 때 영화관에서 파트타임 직원으로 장시간 서서 일하면서 왼쪽 다리 뒤쪽이 찌릿하게 저리는 증상이 생겼다. 당시에는 비수술 치료라는 개념을 몰랐던 터라 어린 나이에 허리 디스크 수술을 받았다. 그 뒤로 나는 줄곧 '허리가 약한 사람'이라는 의식을 갖고 살았다. 그도 그럴 것이 시도 때도 없이 요통에 시달렸으니까. 조금 오래 걸으면 남들은 다리가 아프다는데 나는 허리부터 아팠다. 그래도 며칠 쉬거나 한의원에서 침을 맞으면 괜찮아지니까 그런가 보다 하고 넘겼다.

나이가 들면서 요통 주기의 패턴을 발견했다. 월경 시작 하루 전이면 어김없이 통증이 생겼다가 끝나면 감쪽같이 사라졌다. 문득 '혹시 허리 디스크가 아니라 다른 병인가?' 하는 의문이 스쳤다. 월경 기간마다 심해지니 부인과 질환 쪽으로 의심이 됐다. 내 증상을 인터넷에서 검색해 보니 자궁내막증과 흡사했다. 자궁내막증이 있는 여성은 임신이 잘 안된다는데 혹시 나에게 아기가 찾아오지 않는 이유도 이 때문일지 모른다.

부인과 검진 일정을 잡고 초음파 검사를 받은 날, 의사는 난소에 혹이 보이지만 작아서 꼭 수술할 필요는 없다고 했다. 하지만 통증이 그렇게 심하면 자궁내막증일 가능성이 있고, 정확히 알려면 복강경 수술을 해야 한다고 했다. 그러니까 병을 진단하려면 수술이 필요하다. 자궁내막증일 수도 있고 아닐 수도 있고, 맞으면 통증 유발 원인을 제거할 테고 그러면 요통이 70퍼센트 이상 줄어든다.

나는 마치 카지노에 앉아 있는 사람 같았다. 수술을 할 것이냐, 말 것이냐가 확률 싸움하는 도박처럼 느껴졌다. 통증을 줄이기 위해 혹시 모를 가능성에 배팅하는, 그런데 그 가능성이 '아마도 자궁내막증일 것이다!'를 의미하는 조금은 서글픈 도박이었다.

나는 오래 주저하지 않고 배팅했다. 전신마취 수술이 몸에 해롭다는 걸 알지만, 만약 진짜로 자궁내막증이 맞고 그 원인을 제거할 수 있다면 지긋지긋한 요통과도 작별 아닌가. 다행히 복강경 수술은 절개 수술보다 회복이 빠르고 후유증도 덜하다고 한다. 자궁과 난소 주변의 혹을 제거하면 임신 확률도 높아진다고 하니 여러모로 해 볼 만하단 판단이 들었다.

간단할 줄 알았던 복강경 수술은 생각처럼 간단하지 않았다. 수술 전 각종 검사를 하느라 수시로 주삿바늘에 찔렸다. 수술 후 마취가 풀릴 때는 이가 덜덜 떨릴 만큼 통증이 극심했는데 엎친 데 덮친 격으로 무통 주사가 나와 맞지 않아 구역질이 나는 바람에 더욱 고생했다. 수술 다음 날, 복대를 착용한 채 엉거주춤 걸어서 원장실로 들어갔다. 의사는 모니터에 띄운 수술 사진을 보여 주며 말했다.

"자궁내막증 맞네요. 난소 혹은 제거했고요. 난소랑 자궁이랑 장이랑 다 유착되어 있더라고요. 수술로 분리했으니 이제 덜 불편할 거예요."

다행이라고 해야 할까. 배팅은 적중했다. 혹 크기는 작았지만 초음파 검사로는 확인되지 않는 복강 내부에 문제가 있던 것이다. 자궁내막증은 월경할 때 몸 밖으로 빠져나가야 할 자궁내막 조직 일부가 몸속으로 역류하여 장기 이곳저곳에 붙어서 염증을 일으키는 질환이라고 알려져 있다. 조직이 난소에 붙으면 임신을 방해하고, 장벽이나 항문에 붙으면 변을 볼 때 통증이 생긴다. 운이 나쁘면 폐에 달라붙어서 각혈을 일으키기도 한단다. 나 같은 경우는 자궁내막 조직이 장 주변에 붙어 장기들끼리 서로 엉겨붙게 했고 그것 때문에 허리가 아픈 것이었다.

수술 후 원래 몸 상태로 돌아오는 데 석 달이 걸렸다. 그래도 고통을 감내한 효과가 있는지 허리가 전처럼 자주 아프지 않았다. 월경 기간도 무리 없이 넘어갔다. 원인은 다른 곳에 있었는데 애꿎은 허리 디스크 재발만 의심했다니. 그동안 헛고생을 한 것 같아 허탈했지만 지금이라도 알게 되어 다행이었다.

인간의 몸은 단순하지 않다. 허리가 아프다고 허리가 원인이 아니다. 실제로 허리 디스크에 문제가 생겼을 때는 다리가 불편했다. 새어 나온 척추 디스크 액이 다리로 지나가는 신경을 눌러서 허벅지 뒤쪽이 저릿하고 찌르는 듯 아팠다. 당시에도 골반에 염증이 생긴 줄 알고 엉뚱한 치료만 받다가 1년 후에 진짜 원인을 발견해 수술했다.

다리가 아픈 이유는 척추 때문이었고, 허리가 아픈 이유는 자궁내막증 때문이었다. 나는 병원의 여러 과를 전전하면서 통증을 일으키는 원인 후보들을 하나씩 섭렵했고, 자궁내막증이란 병이 존재한다는 사실을 공부해서 알아냈다. 그리고 마침내 부인과에 가서 확인(수술)한 후에야 진짜 원인을 찾아냈다. 이쯤 되면 내가 의사를 해야 하는가 싶다.

자궁내막증은 수술 후에도 5년 이내 재발률이 40~50퍼센트로 높다. 두 명 중 한 명이 재발한다는 뜻이다. 끔찍한 수술을 앞으로 또 받아야 할 수도 있다니. 왜 하필 이런 고약한 병에 걸렸을까 억울하다가도, 가임기 여성 열 명 중 한두 명이 걸린다는데 나라고 피해 가라는 법은 없다고 생각하면 수긍이 된다. 재발을 예방하려면 호르몬제를 매일 먹어야 한다. 부작용으로 우울증, 탈모가 오거나 살이 찌는 등 갱년기 증상이 나타날 수도 있다. 다른 건 몰라도 우울증은 염려됐다. 자주 아픈 사람에게는 긍정적인 마인드가 꼭 필요하기 때문이다. 게다가 나는 아직 임신을 포기한 상태가 아니므로 일단은 약을 유보하기로 했다.

대신 내가 지금 할 수 있는 일에 집중하기로 했다. 자궁내막증에 해롭다는 환경호르몬을 피하는 것이 우선이다. 텀블러뿐 아니라 집에서 사용하는 식기들도 눈여겨봤다. 벗겨질 우려가 있는 코팅 프라이팬과 냄비를 스테인리스 재질로 바꿨다. 명절 선물로 받아서 쓰던 플라스틱 용기의 향기로운 샴푸와 바디워시를 치우고 천연 성분으로 만든 비누와 샴푸 바를 주문했다. 매일 몸에 닿는 것일수록 까다롭게 골라야 한다.

코로나19를 기점으로 우리 집도 배달 음식에 길들었다. 먹고 싶은 음식을 앱으로 주문하면 한 시간 안에 문 앞에 가져다주니 얼마나 편리한지. 먹을 땐 간단하니 좋지만 다 먹고 나서 널브러진 일회용 용기들을 보면 착잡했다. 한

끼 때우자고 이 많은 플라스틱을 쓰는 게 맞는 일인가 싶었다. 특히 마라탕이나 떡볶이, 김치찜처럼 뜨거운 음식이 플라스틱 용기에 담긴 것을 보면 찝찝했다. 열에 안전한 용기라고는 하지만 자궁내막증이 환경호르몬에 민감한 병인 만큼 남들보다 신경을 써야 한다.

수술하고 난 뒤로는 배달 음식 주문을 줄였다. 가까운 거리는 배달을 시키지 않고 밀폐 용기나 냄비를 들고 가서 포장해 온다. 마치 옛날 옛적 술고래 아버지의 막걸리를 받으러 주전자를 들고 나서는 것처럼. 처음에는 너무 유난을 떠는 것 같아 멋쩍었지만 건강과 환경을 생각하며 용기를 냈다. 가게 사장님이 일회용 용기에 떡볶이를 담으려는 순간, 얼른 유리 밀폐 용기를 내밀었다. 대부분 '재밌는 사람이네' 하는 표정으로 흔쾌히 받아 주셨다. 가끔 용기 크기가 맞지 않아 결국은 일회용 용기에 담아 오는 일도 있지만, 오늘도 나는 내가 할 수 있는 일을 부지런히 실천한다. 용기를 내어 용기를 바꾸는 일도 그중 하나다.

알고 보니 자궁내막증 재발을 예방하는 방법은 불편하게 사는 것이었다. 일회용품을 쓰지 않기 위해 용기를 직접 들고 다녀야 하고, 손쉬운 조리도구를 포기해야 한다. 어쩌면 내가 체력이 약하다는 이유로 그동안 너무 편리함만 추구한 게 아닐까. 수술을 계기로 나태한 생활 습관을 점검했다. 몸의 통증은 더는 미루지 말고 내 일상을 돌아보라는 경고일지도 모른다. 아픈 만큼 성숙한다는 말은 손사래를 칠 만큼 진부하지만 부정하기 힘든 진실이기도 하다. 이제는 그만 성숙해도 될 것 같은데 말이지.

알고 나니 못 쓰게 된 물건들

아크릴 수세미

직접 손으로 뜬 알록달록한 아크릴 수세미를 자주 선물로 받았다. 그러다 아크릴 수세미로 설거지할 때마다 미세 플라스틱이 떨어진다는 기사를 접했다. 안 그래도 플라스틱이 바다를 오염시킨다는데 나까지 보태고 싶지 않다. 해산물을 즐기는 내가 결국 그 플라스틱을 먹게 될 테고, 자궁내막증이나 아토피에 좋을 리 없다.

대신 나는 '진짜 수세미'를 쓴다. 수세미 열매는 질긴 섬유 성분으로 되어 있어, 말려서 천연 수세미로 쓸 수 있다. 꼭 바게트처럼 생겼는데, 건조한 상태에서는 딱딱하고 거칠지만 물을 묻히면 금방 길이 들고 거품도 제법 잘 난다.

에코백

아크릴 수세미 못지않게 반갑지 않은 선물이 에코백이다. 각종 행사 기념품이나 마트 사은품으로, 심지어 요가원에서도 준다. 가끔 디자인이 귀여운 것도 있지만, 대부분 업체나 기관 로고가 박혀 있어 장 볼 때 외에는 들고 다니기 애매하다. 게다가 많은 에코백의 소재는 면이 아니라 합성섬유다. 역시나 플라스틱이 들어간다. 에코백도 비닐봉지처럼 계속 만들어 내면 환경을 오염시키기는 마찬가지다. 그래서 내 돈 주고 에코백을 사지 않는다. 지금도 쉼 없이 돌아가고 있을 에코백 공장을 잠시 멈추고, 이미 넘쳐 나는 에코백을 필요한 사람들에게 나누어 줄 순 없을까.

그날이 전혀 두렵지 않은 이유

2017년 겨울, 뭇 여성을 공포에 떨게 한 일명 '생리대 파동'이 있었다. 가임기 여성의 생필품인 생리대에서 유해 물질, 그것도 발암물질이 발견된 것이다. 충격에 빠진 여성 동지들이 자신이 쓰는 생리대가 언론에서 발표한 발암 생리대와 같은 것인지 확인하는 동안, 나는 티 안 나게 가슴을 쓸어내렸다. '신에게는 아직 여덟 개의 면 생리대가 남아 있습니다!'

나는 올해로 14년 차 면 생리대 사용자다. 처음 면 생리대를 쓰기 시작했을 때는 자궁내막증이란 병이 무엇인지도 몰랐다. 만약 일회용 생리대를 지금까지 계속 썼다면 증상 악화 속도가 더 빠르지 않았을까. 문제가 터지자 다들 면 생리대를 사겠다고 열을 올렸지만 수작업이 필요한 제품이라 공급이 따라가지 못했다. 온라인 쇼핑몰에는 지금 주문하면 5개월 후에나 받을 수 있다는 공지가 걸렸다.

당시 옆자리 동료는 발암 생리대 피해자였다. 그는 심지어 월경 때뿐만 아니라 매일 해당 브랜드의 팬티라이너를 착용한다고 했다. 나는 지금이라도 면 생리대를 주문해 놓으라고 권했지만, 동료는 귀찮은 손빨래를 할 자신이 없다며 대신 값비싼 유기농 일회용 생리대를 주문했다. 생리대 파동 이후 면 생리대나 생리 컵으로 갈아탄 사람들이 늘었다는데, 왜 내 주변에는 아무도 없을까.

어떤 경험은 그 이전 삶으로 돌아가지 못하게 만드는데, 나에게는 면 생리대 사용이 그랬다. 시작은 2010년 겨울, 4호선 명동역 출구에서였다. 계단을 오르려는데 조그마한 탁자 위에 생리대를 깔아 놓고 파는 광경이 눈길을 사로잡았다. 그때 처음 면 생리대라는 물건의 존재를 알았다. 그 물건은 일회용 생리대처럼 날개가 달렸고, 접착제 대신 똑딱이 단추가 붙어 있었다. 호기심이 발동했다. 나는 다소 의심스러운 눈초리로 '불편하지는 않냐'는 어리석은 질문을 했고, 판매원은 "저는 이거 쓴 뒤로 너무 편해서 일회용 못 써요"라고 답했다. 그 말은 예언이 됐다.

그날 이후 나는 정말로 일회용 패드를 못 쓰는 사람이 되어 버렸다. 면 생리대를 계속 쓰는 이유는 정작 건강 때문이 아니라 편한 착용감 때문이다. 평소처럼 팬티만 입은 듯 아무런 거슬림이 없다. 일회용보다 월경혈 흡수가 빨라서 가려움과 찝찝함도 덜하다. 악취도 나지 않아서 신기했는데, 알고 보니 생리대에서 나는 냄새는 생리혈이 흡수제의 화학물질과 섞여서 나는 냄새라고 한다. 면 생리대를 만난 후 언제든 맘 편하게 운동하고 여행을 떠난다. '하필 그날인데' 하며 걱정하거나 짜증 내지 않는다.

면 생리대는 월경에 대한 인식을 새롭게 바꾸는 계기가 되었다. 일회용 생리대를 사용하던 20대 중반까지는 월경 기간이 다가오면 마음이 불편하고 초조해졌다. 안 그래도 두통과 요통으로 힘든데, 꿉꿉한 걸 종일 차고 있으려니 민감한 피부가 가려워 스트레스가 심했다. 생리대를 갈 때마다 나는 역한 냄새에 속이 울렁거리고 월경 자체가 불결하게 느껴졌다. 다 쓴 생리대는 부끄러운 물건이라도 되는 것처럼 누가 볼 새라 휴지로 둘둘 말아 쓰레기통에 버렸다. 매달 반복되는 생리 현상 때문에 마음이 불편하고 자신의 몸을 불결하게 여기다니 딱한 일 아닌가. 마치 나 자신을 부정하는 느낌이랄까.

신기하게도 면 생리대를 쓰면서 그런 기분이 사라졌다. 빨아서 다시 쓰는 행위가 월경에 대한 생각 자체를 바꾼 것 같다. 예를 들어, 배달 음식을 시켜 먹고 빈 그릇을 보면 양념 찌꺼기가 들러붙은 스티로폼 그릇이 지저분하게 느껴진다. 얼른 내다 버려야 할 '쓰레기'이기 때문이다. 반면 집밥을 먹고 난 빈 그릇은 치우기 귀찮아서 그렇지, 그릇 자체가 더러운 물건으로 느껴지진 않는다. 깨끗이 씻어서 다시 사용할 '내 물건'이니까. 일회용이냐 아니냐에 따라 똑같은 물건에 대한 이미지가 달라지는 것은 생리대도 마찬가지였다.

게다가 경제적으로도 이익이다. 한국소비자원에 따르면, 우리나라의 일회용 생리대 가격은 OECD 국가 중 최고 수준인 331원꼴이다(2016년 기준). 자, 계산기를 꺼내 보자. 여성의 한 달 평균 생리대 사용 개수를 약 28개로 잡았을 때, 1년이면 11만 1216원, 3년이면 33만 3648원이 고스란히 생리대값으로 나간다. 한편 소형, 중형, 오버나이트, 팬티라이너 등 골고루 총 20장 내외로 들어 있는 면 생리대 세트가 온라인에서 10만 원 선인데, 한 번 사 두면 3년 이상 너끈히 쓴다. 일회용의 3분의 1도 안 되는 가격이다. 할인 행사를 활용하면 그 이상 비용을 아낄 수 있다.

여성에게 매달 찾아오는 월경은 '그냥 참고 살아야지' 하고 넘기기에는 너무 오래 반복된다(무려 40년!). 그날이 다가오면 왜 하필 여자로 태어나서 이런 불편을 겪어야 하냐며 한탄하던 시절이 이제는 까마득하다. 월경이 불편한 게 아니라 일회용 생리대가 불편했다. 아직 그 불편에서 해방되지 못한 여성들에게 면 생리대를 하나씩 쥐여주고 싶다. 월경은 말 그대로 생리 현상일 뿐이다. 트림이나 방귀가 나올까 봐 겁나서 여행을 못 가고 몸 사리면서 살진 않는다. 나는 내 몸에서 일어나는 일을 자연스럽게 받아들이게 됐다. 더 이상 월경 기간이 불편하거나 두렵지 않다.

면 생리대 입문자를 위한 팁

▶ 집 밖에서 사용한 생리대는 어떻게 하나?

면 생리대는 월경혈이 닿은 부분이 안쪽으로 들어가게 접어서 똑딱이 단추로 잠그면 방수 천이라 새지 않는다. 사람마다 월경 양에 따라 다르겠지만 나는 보통 하루에 4~5개를 사용하는데, 쓰고 난 그대로 전부 파우치에 넣어서 다니다가 집에 와서 세탁한다.

▶ 매일 세탁하기가 귀찮지 않을까?

나도 처음에는 매번 생리대를 어떻게 손으로 빨아야 하나 염려가 됐는데, 요령이 생기니 간단하다. 저녁에 샤워할 때 그날 하루 동안 사용한 생리대를 꺼내서 초벌 빨래를 한다. 면 생리대를 쓰면서부터는 월경혈이 더럽다는 생각이 들지 않기 때문에 손빨래에도 거부감이 없다. 머리를 감고 나오는 비누 거품을 생리대에 묻혀 조물조물 비벼서 핏물을 제거한다. 그런 다음 세숫대야에 미지근한 물을 받아 담가 두었다가, 월경 기간이 끝나는 날 한꺼번에 세탁기로 돌린다. 삶아서 빨면 방수 기능이 떨어지니 미지근한 물로만 세탁하는 게 좋다.

피할 수 없다면 그래도 피해라

　우리 부부가 각자 회사로 출퇴근하던 때가 있었다. 둘 다 나가 있으니 가사를 맡을 사람이 없다는 게 문제였다. 출근 전 이른 아침이나 밤에 청소기를 돌리자니 이웃에게 피해를 줄까 봐 내키지 않았다. 그렇다고 주말에 몰아서 청소하자니 쌓이는 먼지와 머리카락이 자꾸만 눈에 밟혔다. 게다가 몰아서 하는 묵은 때 청소는 그때그때 하는 청소와 달라서, 걸레로 쓱 훔치기만 해도 사라질 먼지를 제거하는 데 힘이 세 배는 더 든다. 온종일 쓸고 닦다 보면 밖은 벌써 어둑어둑 해가 지고 우리 둘은 녹초가 됐다. 주말에 가려고 벼르던 맛집도 포기하고 널브러지기 일쑤였다.

그러던 어느 날, 새까매진 내 발바닥을 보고 식겁한 남편이 로봇 청소기를 하나 들이자고 제안했다. 나는 집 안을 지저분하게 만드는 주범이 나라는 사실을 알았지만, 그래서 더 모르는 척 극구 반대를 펼쳤다. 우선 비싼 가격대가 부담스러웠고 로봇의 청소 실력도 의심스러웠다. 집 곳곳에 화분을 두어 사각지대가 많은데 놓치지 않고 꼼꼼히 청소할 수 있을까. 로봇이 막힌 벽을 인식 못 하고 쿵쿵 소리를 내며 머리를 찧어 댄다는, 얼리어답터 친구의 사용 후기도 마음에 걸렸다. 내가 없을 때 무언가 집 안을 돌아다니는 상황이 조금 징그럽게도(?) 느껴졌다.

남편은 포기하지 않았다. 성능에는 문제가 없고, 조금 흠집이 난 청소기를 저렴하게 파는 곳을 발견했다며 눈을 반짝였다. 그렇다면 이야기가 달라진다. 안 그래도 알레르기 체질인데 먼지가 많으면 건강에도 안 좋겠지. 나는 어쩔 수 없다는 듯 그 아이를 들였다.

결과는 후회스러웠다. 너무 늦게 들여서 후회스러웠단 말이다. 이틀 만에 먼지 주머니를 열고 얼마나 놀랐는지. 먼지가 가득 차 빵빵하게 부풀어 있었다. 뭉쳐 있는 먼지는 마치 웅크린 작은 짐승처럼 보였다. 그동안 이렇게 많은 먼지를 먹고 살았다니, 건강한 사람도 아플 지경이었다. 친구 말대로 가끔 오류가 생겨 현관문 앞에 고꾸라져 있거나 벽에 머리를 찧을 때도 있었지만, 로봇 청소기는 일을 곧잘 했다 (나보다는 확실히 잘한다). 내 발바닥은 더 이상 까매지지 않았고, 머리카락이 치워진 말끔한 집은 퇴근 후 스트레스까지 덜어 줬다. 우리가 지어 준 '해피 맥스'라는 이름대로 로봇 청소기는 우리 집 행복 지수를 한껏 끌어올렸다.

가끔 충전 중인 모습을 보면 짠한 마음이 들기도 했는데, 청소기의 까만 몸체 상판이 뿌연 먼지로 뒤덮여 있었기 때문이다. 중이 제 머리 못 깎듯 해피 맥스도 제 몸에 쌓인 먼지는 어쩌지 못했다. 나를 대신해 집을 깨끗하게 청소하느라 애쓰는 녀석의 몸체를 행주로 말끔히 닦아 줬다. 그러고 나면 '맡겨만 달라'는 듯 윤이 났다.

첨단 기술의 은혜를 경험한 뒤로 나는 가사 노동의 외주를 적극 찬성하게 됐다. 식기세척기를 들이자는 남편의 말에 이번에는 오래 뜸 들이지 않았다. 역시 탁월한 선택이었다. 식기세척기가 돌아가는 동안 세탁기를 돌리거나 책을 읽을 시간을 벌었다. 덕분에 마음이 한결 여유로워졌다. 예전에는 원고 마감 시간이 다가오는데 싱크대에 설거짓거리가 쌓여 있으면 불만이 차올랐다. 계속 신경이 쓰여서 결국 고무장갑을 끼고는 '설거지만 아니었어도 몇 줄은 더 썼을 텐데' 하며 어린애같이 투덜거렸다. 먹는 건 잠깐이지만 치우는 게 일이다. 효율을 높여 보겠다고 배달 음식을 시켜 먹기도 했는데 수북한 일회용 포장지에 죄책감이 들었다.

식기세척기의 매력은 시간과 체력을 벌어 주는 것만이 아니었다. 설거지에 대한 부담감이 줄어드니 식사에 품격이 생겼다. 예전에는 반찬을 그릇에 덜어 먹어야 위생적인 것을 알면서도, 고춧가루 묻은 접시가 하나 더 늘어나는 게 싫어서 반찬통째로 내놓고 귀퉁이에서 반찬을 집어 먹곤 했다. 라면을 끓이면 냄비째로 먹느라 혓바닥을 데기도 했다. 이제 설거짓거리가 몇 개 더 불어나도 걱정이 없다. 혼자 먹을 때도 라면 볼이나 반찬 그릇을 쓰게 됐다.

때 되면 습관적으로 대충 '때우는' 한 끼가 아니라, 깔끔하고 예쁘게 차려진 밥상은 스스로를 대접하는 기분이 들게 했다. 단순히 배를 채우는 게 아니라 나를 아끼고 돌본다는 '식사의 의미'가 생긴 것이다. 하루에 두 번, 나는 단골손님인 나 자신을 위해 요리를 하고 식탁을 차리는 시간이 즐겁다.

주말 저녁에 배달 음식을 시켜 먹을 때도 음식이 도착하자마자 바로 집에 있는 사기그릇으로 옮겨 담는다. 플라스틱 그릇에서 혹시나 용출될 수 있는 환경호르몬을 피하기 위해서다. 양가 가족들이나 손님이 방문해도 두렵지 않다. 애벌 한 그릇들을 세척기에 테트리스 하듯 차곡차곡 끼워 넣고 버튼을 누르면 두 시간 안에 반짝반짝해져서 나오니 어찌나 듬직한지.

쉽게 지치는 사람은 되도록 체력을 아껴야 기분 좋게 생활한다. 매일 반복하는 가사 노동은 시간뿐만 아니라 체력을 잡아먹는 주범이다. 사이 좋은 부부를 한순간에 원수로 만드는 불씨가 되기도 한다. 우리 부부는 둘이 살다 보니 아이가 있는 집보다는 빨래나 설거지, 청소 일이 훨씬 적은 편이지만, 그럼에도 퇴근 후 장시간 허리를 굽혀야 하는 가사 노동은 통증을 일으키고 때로는 부정적인 감정으로 번지곤 했다. 집안일을 도와주는 녀석들 덕분에 전보다 웃는 날이 많아졌다.

성과 우선주의 '빨리빨리' 문화에서 비롯한 현대의 이기에 비판적 시선을 거두지 않는 나이지만, 체력을 아껴 주어 삶을 쾌적하게 만드는 로봇 청소기와 식기세척기, 건조기 앞에서만큼은 넙죽 무릎을 꿇고 고개를 조아리겠다. 가사 노동, 피할 수 없다면 즐겨라? 아니, 그래도 피하시길.

어쩌면 좋고 싫고는 저절로 생겨난 취향이 아니라
스스로 내린 정의 아닐까.
내가 어찌지 못하는 상황을 불평하기보다
그 안에서 내 기운을 북돋울 만한
이런저런 궁리를 해 보기로 했다.

3부

긍정의 기운을
끌어모으는 습관

느리게 갈지언정 멈추지 않는다

10년 해 온 방송 작가 일을 접어야 했을 때, 허무하고 두렵지 않았다고 하면 거짓말이다. 하지만 똑같은 하루를 살면서 인생이 달라지길 바랄 수는 없다. 30대면 여전히 젊다. 무슨 일을 하든 내 몸 하나 건사 못하겠는가. 아프지 않으려면 규칙적인 생활이 보장되어야 했다. 돈은 예전만큼 못 벌어도 괜찮으니 주말에 쉬었으면 했다. 이왕이면 휴가와 퇴직금을 챙겨 주는 정규직이면 더 좋겠지.

그러다 운 좋게 모든 조건을 만족하는 웹 콘텐츠 회사에 취직하게 됐다. 영상 만드는 일은 비슷해 금방 적응했다. TV보다 유튜브를 많이 보는 시대이니 트렌드에 맞게 잘 이직했다고 생각했다.

그런데 예상치 못한 문제가 생겼다. 왕복 세 시간 가까이 매일 지하철을 타는 일은 생각보다 훨씬 고되었다. 출퇴근 시간에 콩나물시루 같은 대중교통에서 쏟는 체력이 얼마나 큰지 직장인이라면 다들 공감할 것이다. 결국 10년 묵힌 장롱면허를 꺼냈다. 하지만 차로 출퇴근한 기간이 1년이 넘어가도록 운전에 적응하지 못했다. 매일 아침 운전대를 잡기 20분 전부터 심장이 날뛰고 얼굴에 열이 달아오르며 아랫배가 살살 아팠다. 손바닥이 축축하게 젖어 사무실에 도착하면, 업무를 시작하기도 전에 벌써 하루 일을 다 한 것처럼 피곤했다.

게다가 느슨하고 티 안 나는 회사 일은 그 어떤 보람이나 재미도 느껴지지 않았다. 수입이 안정적이고 워라밸이 주어지면 몸과 마음이 편안하겠지 했는데 너무 단순한 발상이었다. '일은 일일 뿐, 그 외 시간에 삶의 의미를 찾으면 된다'는 신념에 점점 회의가 들었다. 나는 그 둘을 분리할 수 없는 사람이다. 내 일을 사랑하고 싶었다.

다시 사회 초년생의 마음가짐으로 돌아가 새로운 직업들을 기웃거렸다. 우연히 독서 지도사라는 직업을 발견하고 반가웠다. 책을 다루는 일은 전부터 관심이 있었던 터라 열심히 공부해서 자격증을 땄다. 그런데 의외의 복병이 나타났다. 독서 지도사로 먹고살 만큼 수입을 얻으려면 까다로운 '학부모 영업'이 필수라고 했다. 선배들의 조언에 따르면, 어쩌면 독서 지도보다 더 힘써야 할 것이 영업처럼 들리기도 했다. 나는 연예인을 상대하는 일이 부담스러워서 예능 프로그램을 피했던 내향적인 사람이다. 아쉽지만 마음을 접었다. (그런 내가 지금은 수강생들 앞에서 큰 소리를 치며 강의하다니 참으로 알 수 없는 인생이다.)

유튜버를 해 볼까 싶어 계정을 만들고 영상을 몇 개 만들어 올리기도 했다. 처음에는 내가 키우는 반려 식물을 예쁘게 촬영해서 올렸는데 반응이 영 시원치 않았다. 그렇다면 역시 전공인 글쓰기가 나을까 싶어 주제를 바꿔 보았다. 생각보다 촬영과 편집에 품이 많이 들었다. 방송 일을 오래 해 온 바람에 스스로 엄격한 잣대를 포기하지 못했다. 겨우 5분짜리 영상 하나 만드는 데 하루를 다 쓰다니! 새삼 피디들에게 존경심을 느끼며 유튜브 계정을 비공개로 돌렸다.

다음으로 내 관심을 끈 것은 글쓰기 플랫폼 '브런치(현재의 브런치 스토리)'였다. 진득이 앉아서 두세 시간 글을 쓰는 일쯤은 열 시간 넘게 오줌을 참아 가며 원고를 쓰던 나에게 전혀 부담스럽지 않았다. 오히려 쓰는 동안 희열을 느꼈다. 교양 방송 작가를 할 때는 프로그램이나 아이템에 맞춰서 글을 써야 했다. 나의 의견과 감상은 사족일 뿐, 정확한 정보 전달이 우선이었다. 그러다 보니 글을 그렇게 오래 썼는데도 '내 이야기'를 한다는 순수한 기쁨은 이때 처음 맛보았다.

브런치 작가 활동은 직업도 아니고 돈을 벌어다 주지도 않지만 내 마음속 직장이 됐다. 매일 출근하다시피 커피를 내려 모니터 앞에 앉았다. 방송 일을 하며 그동안 겪었던 사연, 품었던 생각을 신나게 모니터에 쏟아 냈다. 그러다가 예상치 못한 일이 벌어졌다. 내 글을 책으로 내는 게 어떻겠냐는 출판사의 제안을 받은 것이다. 기회를 덥석 붙잡았다.

그즈음 독서 모임에서 사귄 친구와 글쓰기 모임도 만들었다. 온라인으로 알음알음하는 사람들과 함께했던 것이 입소문을 타며 확장됐다. 방송 작가로 일하면서 체득한 글쓰기 기술이 다른 사람에게 도움이 될 줄은 몰랐는데, 그것을 필요로 하는 사람들이 존재했다. 나는 기꺼이 내 능력을 사용하기로 했다.

글쓰기 모임을 체계적으로 운영하려고 만든 커리큘럼

이 나의 두 번째 책, 글쓰기 실용서의 기반이 됐다. 어느새 나에게 '글쓰기 코치 글밥'이라는 새로운 정체성이 생겼다. 책을 내자 글쓰기 강의를 해 달라는 요청이 들어왔다. 책을 내고 강의를 하면서 나는 더 이상 다음 직업에 대해 고민하지 않게 되었다. 모든 일은 우연했고 연쇄적이었으며 물 흐르듯 자연스러웠다.

그저 운이 좋았던 것일까. 돌이켜 보면 나는 체력이 허락하는 한에서 무리하지 않으면서 끊임없이 무언가를 시도했다. 느리게 갈지언정 걸음을 멈추지 않았다. 그러면서 나에게 잘 맞는 일과 그렇지 않은 일을 깨달았고, 맞는 일을 향해 한 걸음씩 내디뎠다. 내향적인 내가 강의 활동을 부담 없이 시작한 비결도 그간 쌓아 온 경험 덕분이었다.

일을 쉬고 있을 때는 일부러 강제적인 루틴을 만들려고 한다. 안 그러면 오전 내내 침대에서 뒹굴뒹굴할 것이 뻔하다. 인터넷을 뒤적거리다가 시 평생교육원에서 운영하는 '영화 OST로 배우는 영어 회화'가 눈에 띄었다. 일주일에 한 번, 대여섯 명의 사람들과 조그만 교실에 앉아 〈라라랜드〉나 〈사운드 오브 뮤직〉에 나오는 노래를 따라 부르며 영어를 공부했다. 학창 시절 음악 시간도 떠오르고, 다

큰 성인들이 모여서 어설픈 발음으로 합창하는 모습이 귀엽게도 느껴졌다(물론 그 귀여움의 핵심은 나다). 수업을 이끄는 강사님은 예전에 학원에서 초등학생에게 영어를 가르쳤다는데, 우리와 함께하는 내내 즐겁고 편안해 보였다.

그 모습이 부러우면서 문득 '이렇게 소소한 규모로 가르치는 일을 해도 괜찮겠다'는 욕심이 생겼다. 마지막 수업 날, 수업 평가를 위해 교실에 들어와 있던 평생교육 플래너에게 "혹시 글쓰기 수업은 필요하지 않으세요? 제가 가르칠 수 있는데……" 하고 조심스레 의견을 비쳤다.

사실, 대학교 여름 방학 때 중학생 대상 보습학원의 국어 강사 아르바이트에 지원한 적이 있다. 간단한 면접을 치른 뒤 원장 앞에서 5분 동안 시범 강의를 보여야 했는데, 너무 떨려서 말을 버벅거리다가 도망치듯 울면서 뛰쳐나왔다(지금 떠올려도 귀가 빨개진다). 발표라면 치를 떨던 내가 스스로 강사를 지원하다니. 아무리 목구멍이 포도청이라지만 대책 없는 도전이었다.

글쓰기 수업 첫 시간의 떨림을 아직도 기억한다. 강의 전날, 얼마나 긴장이 되었던지 소파에 동물 인형을 앉혀 두고 예행연습도 했다. 그렇게 여섯 명의 수강생 앞에서 시작한 시급 2만 원의 강의는 내 안에 숨어 있던 새로운 가능성을 발견하는 기회가 됐다.

　미리 훈련해 둔 덕에 베짱이 생겼는지, 책을 내고 난 뒤 학교나 도서관에서 강의 요청이 들어왔을 때는 흔쾌히 하겠다고 했다. 아마 이전의 경험이 없었다면 용기를 내기 쉽지 않았을 것이다. 처음이 어렵다는 말을 나는 온몸으로 믿는다.

　그 후로는 언제든지 '지르는 습관'을 장착했다. 안 해본 것이라도 일단 새로운 기회가 생기면 "제가 할게요"라고 말부터 질렀다. 수습하지 못한 일은 없었다. 방송계에서 10년 넘게 골골거리면서도 끈질기게 버티는 힘을 기른 덕택이다. 그 고통스러웠던 시간은 허송세월이 아니었나 보다. 나도 모르는 사이, '저지르는 힘'과 '버티는 힘'이라는 양 날개가 어깨에 쑥 돋아나 있었다. 시간에 쫓겨 시키는 일을 하는 사람이 아닌, 내가 주인이 되어 살아가는 두 번째 인생은 그렇게 싹을 틔웠다.

잠 좀 많이 자면 어때서

프리랜서로 살면서 가장 좋은 점이 무엇이냐고 묻는다면 1초도 망설이지 않고 '늦잠을 잘 수 있는 것'이라고 답하겠다. 나는 아홉 시간을 자도 늘 더 자고 싶고 하루 중 아침이 가장 힘든 사람이다. 출근 시간이 정해져 있는 회사에 다닐 때는 매일 아침 눈을 뜰 때마다 고역이었다. 요란한 스마트폰 알람이 울리면 짜증 섞인 욕이 입 밖으로 튀어나오기도 했다.

그런데 그렇게 피곤해도 밤만 되면 이상하게 잠이 오지 않았다. 처방받아 온 신경안정제를 두 달간 먹었을 때는 좀 나았지만, 약을 줄이자 한숨도 못 잘 만큼 부작용에 시달렸다. 뜬 눈으로 며칠을 고생하며 어렵게 약을 끊고 나니 더 이상 약을 먹기가 두려워졌다.

같이 사는 사람은 나와 반대다. 직장인인 그는 매일 새벽 5시 기상 알람 소리가 울리기 무섭게 로봇처럼 90도로 벌떡 일어난다. 언젠가는 그런 모습이 안쓰러워서 "매일 새벽에 일어나기 힘들지? 너무 피곤하겠다" 하고 위로했는데, 그는 어리둥절한 표정을 지으며 이렇게 답했다. "아니, 잠을 잤는데 왜 피곤해?" 듣고 보니 맞는 말이긴 하다. 그러면 똑같이 잠을 자는 나는 왜 늘 피곤할까.

많이 자도 늘 피곤한 나와, 새벽같이 출근해도 활력이 넘치는 남편. 그 차이는 스마트워치 수면 패턴에도 고스란히 나타났다. 남편의 숙면 비율은 95퍼센트 이상이었고 나는 60퍼센트대로 기록됐다. 나는 자다가 깬 횟수도 너무 잦아서 이걸 과연 잤다고 하는 게 맞을까 싶을 정도였다.

침대에만 누우면 눈이 말똥말똥했고 의식의 흐름을 좇다 보면 어느새 추억 여행이 시동을 걸었다. 과거로, 과거로 거슬러 올라가다 보면 풋풋했던 스무 살 시절에 도착하기도 했다. 그보다 더 오래 잠들지 못하는 날엔 초등학생 시절, 조금 더 거슬러 올라가 이제 막 걸음마를 떼고 뒤뚱뒤뚱 걷던 까마득한 옛 기억까지도 소환했다. 걸음마의 기억은 아마도 앨범 속 빛바랜 사진을 보고 꾸며 낸 상상이겠지.

일주일에 서너 번은 꿈을 꾼다. 피를 보거나 벌레가 바글거리는 꿈, 화장실이 급한데 문이 전부 잠겨 있어 난처해하는 등 시달리는 꿈도 잘 꾼다. 아주 가끔은 좋아하는 연예인이 나오기도 하는데 꼭 결정적인 순간에 깬다(당신이 상상하는 것 맞다). 때로는 자각몽도 꾼다. 절벽에서 떨어지거나 좀비에 쫓기는 일촉즉발의 상황에서 꿈속의 내가 '이런 상황이 진짜일 리가 없지. 이건 분명 꿈이야. 얼른 깨어나!'라고 외치면 놀랍게도 실제로 잠에서 깨어난다. 얼마나 겁이 많고 예민하면 꿈속에서도 의식이 작동하는 걸까. 잊어버리기 아까운 신기한 꿈은 눈을 뜨자마자 얼른 스마트폰을 열어 기록해 두기도 한다.

방송 일을 하면서 아토피가 심했을 때 한동안 한의원에 다닌 적이 있다. 그때 원장님은 나의 흔들리는 멘탈을 잡아 주려고 정신적인 상담도 많이 해 주셨다. 자도 자도 피곤하다는 내 말에 '원래 그런 사람'이 있다고 했다. 그러면서 이렇게 덧붙였다. "성공한 사람들은 어떻게 일찍 일어나는 줄 아세요? 조금만 자도 회복이 잘 되어서 그래요."

사회적으로 성공한 사람들의 루틴을 보면 보통 새벽 4, 5시에 일어나 하루를 일찍 시작하는데, 그건 부지런해서도 있겠지만 체력이 강하기 때문이라고 했다. 남들은 일고 여덟 시간씩 자야 겨우 피로가 풀리는 반면, 네다섯 시간만 자도 금방 충전되는 축복받은 사람들이 있다는 것이다. 그런 사람들은 피로가 금방 풀리고 활력이 넘쳐서 일찍 일어나는 일이 나처럼 어렵지 않고, 그만큼 더 많은 시간을 활용할 수 있으니 자기 분야에서 성공하기에 유리하다고 했다.

처음에는 '안 그래도 심란한데 약 올리나' 싶었지만, 세월이 흐르면서 그 말을 이해하게 됐다. 일반화하기는 힘들겠지만 일리가 있다. 잠을 조금만 자도 가뿐한, 체력 좋은 사람들은 돈으로도 사지 못하는 시간을 매일 더 확보하니 축복받은 게 분명하다. 그렇다면 나는 잠의 저주를 받은 사람인가? 아니, 질문이 잘못됐다. '성공을 꼭 해야 하는가?'를 물어야 한다. 다행히 나는 성공에 큰 욕심이 없다. 물론 작가로서 후대에 길이 남는 위대한 걸작을 남긴다거나 사회적으로 영향력이 생긴다거나 평생 돈 걱정 없이 살게 된다면 좋겠지만, 그러지 않은 지금도 전혀 불만이 없다.

함께 독서 모임을 했던 사람 중에《우리는 왜 잠을 자야 할까》라는 책을 읽고 과감하게 퇴사한 분이 있었다. 자신이 다니던 회사는 야근이 너무 많아서 매일 네 시간밖에 자지 못한다고, 이렇게 계속 살다가는 암이나 심혈관 질환에 걸려 수명이 단축되겠다는 확신이 들었단다. '잘 살아보겠다'고 잠을 줄여 다니는 회사가 오히려 명을 줄인다면 안 될 노릇이다. 잠을 극단적으로 줄여서 얻는 것이 약간의 돈과 성취감, 명예 같은 것들이라면 잃는 것은 건강일 테다. 무엇이 자신에게 더 소중한지 잘 판단해야 한다.

나는 '성공'보다 '성장'에 중심을 두고 산다. 인생에 거창한 목표는 없지만, 나이가 들수록 더 멋진 사람이 되었으면 하는 소망은 있다. 그런 내가 선택한 방법은 잠을 줄이는 게 아니라 주어진 시간을 후회 없이 집중해서 쓰는 것이다. 나는 지금처럼 글을 쓰거나 가끔 강의하고, 읽고 싶은 책을 읽으며 사는 것이면 충분하다. 그렇다면 오래 자야 회복되는 약한 체력은 크게 문제 될 일이 아니다. 나는 미라클 모닝을 수없이 실패하며 자책하는 일을 그만두었다.

집에 있는 동안에는 글 쓸 때 빼고 거의 누워 지내는 편이다. 누울 수 있는데 왜 앉아야 하나. 얼마 전에는 커다란 빈백 소파를 하나 샀다. 글을 쓰다가 졸음이 몰려오면 15분에서 30분 정도 빈백에 기대어 눈을 붙인다. 한숨 자고 나면 그렇게 개운할 수가 없다. 밖에 있을 때는 앉을 자리가 있을 때 굳이 서 있지 않는다. 체력을 아끼려는 본능이 발동한다. 남들보다 방전이 빠르니까 '충전기'만 보이면 냅다 가서 꽂는 것이다. 나는 이런 습관이 게으른 게 아니라, 나 자신을 잘 알고 그에 걸맞게 행동하는 슬기로운 처신이라 믿는다.

작년부터는 수면의 질을 개선하려고 새로운 습관을 실천하고 있다. 밤 11시에는 무조건 눕기. 예전에는 밤늦게 퇴근한 남편과 수다를 떨다 보면 자정을 넘겨 자리에 눕는 일이 허다했다. 하루의 마무리 루틴인 필사도 되도록 일찍 끝내려고 한다. 어쩌다 잠이 쏟아질 때는 필사를 거르기도 한다. 필사와 밤 11시 전에 눕기. 지켜야 할 루틴이 상충하면 나는 '건강'에 무게를 둔다. 나에게 충분한 잠은 온전한 하루를 살아 내는 데 꼭 필요한 고급 연료다.

건강한 수면을 위해 지키고 있는 또 다른 습관은 스마트폰을 침실 밖에 두고 자는 것이다. 그렇게 하면 잠이 안 와도 스마트폰을 만지작거리지 못한다. 전에는 머릿속에 떠오르는 상념을 떨치거나 갑작스레 생기는 궁금증을 해결하려고 자꾸만 스마트폰으로 손이 갔다. 어둠 속에서 반딧불이처럼 불을 밝힌 스마트폰의 깨알 같은 활자를 읽다 보면 각성이 일어나 잠이 저만치 물러나는 악순환을 겪었다. 기상 알람이 필요해서 스마트폰을 머리맡에 두어야 한다고 주장했지만, 사실은 스스로 속이고 있었다. 건전지가 다 되어 방치된 자명종에 약을 넣어 침대 옆 협탁에 올렸다. 습관을 바꾸니 확실히 전보다 잠드는 시간이 앞당겨졌다.

그럼에도 여전히 숙면은 힘들지만, 그것 때문에 괴로워하거나 예민한 나를 탓하지 않는다. 베개에 머리만 대면 코를 고는 사람은 '작가'와는 왠지 어울리지 않으니까. 예민하다는 것은 감각이 둔하지 않고 벼리어 있다는 뜻이다. 말도 안 되는 꿈을 꾸는 이유는 상상력이 풍부하기 때문이다.

뒤척이느라 늦잠을 자면 하루가 짧다. 나는 그 짧아진 시간에 집중해서 글을 쓰며, 자느라고 쓰지 못한 시간을 보충한다. 시인이자 소설가인 나탈리 골드버그도 말하지 않았던가. 작가란 인생을 두 번 사는 사람이라고. 살면서 한 번, 쓰면서 한 번. 그것도 아니라면, 잠을 적게 자도 되는 축복받은 분들을 대신해 내가 조금 더 자는 것이라 해 두자.

하루 5분 필사가 내게 준 것들

연도별로 묶어 놓은 필사 노트 바인더를 정리할 때면, 쑥쑥 커 가는 자식 보듯 뿌듯하다. 매일 필사를 한 지 어느덧 6년 차. 하루에 한 단락씩 책에서 읽은 글귀를 노트에 베껴 쓰고 사진을 찍어 소셜 미디어에도 차곡차곡 올리고 있다. 나의 #필사스타그램에는 현재 1500개가 넘는 글귀가 쌓였다. 그저 하루에 5분이라는 시간을 냈을 뿐인데 말이다.

나는 글쓰기 강의를 할 때도 필사의 다양한 이점을 들어 수강생들에게 권하곤 하는데, 굳은 결의로 시작한 필사를 보름 정도 유지하는 이들은 많이 보았어도 3개월 이상 지속하는 사람은 드물었다. 무엇이든 재미를 느껴야 꾸준히 할 수 있다. 내가 발견한 필사의 재미를 더 많은 사람이 알았으면 좋겠다.

필사는 독서를 충만하게 만든다. 책 속에서 좋은 문장을 찾으려는 동기가 생기기 때문이다. 책을 그냥 읽는 것과 오늘 밤 필사할 구절을 살피며 읽는 것은 다르다. 한 문장 한 문장 좀 더 꼼꼼히 들여다보게 되고 때로는 멈추어서 골똘히 생각하게 만든다. '이 구절은 왜 나에게 감동을 줄까'를 고민하면서 저자와 나 사이의 간격을 촘촘하게 바느질한다. 그러니까 필사는 단순히 글을 베껴 쓰는 행위가 아니라 깊이 있는 독서에서부터 비롯되는 것이다.

종이 위의 산책은 5분이 적당하다. 매일 하려면 부담스럽지 않아야 하니까. 하루에 30분씩 필사를 하겠다고 하면 일주일도 버겁게 느껴지지만, 5분은 '바빠서'라는 핑계를 대기도 민망한 시간이다. 한 단락 정도 필사하는 데 걸리는 시간을 내 하루에서 따로 빼 두는 것이 시작이다.

장비를 잘 갖추면 필사가 더 즐겁다. 나는 마음에 쏙 드는 필감을 찾을 때까지 여러 가지 필기구를 사용해 보며 노트와 만년필의 궁합을 찾았다. 노트를 펼치면 매끄럽고 질 좋은 하얀 종이가 환하게 나를 맞이한다. 마치 아무도 밟지 않은 눈처럼 보기만 해도 설렌다. 그 위로 사각사각

소리를 내며 미끄러지는 만년필의 발자국. 나는 밤마다 종이 위를 사뿐히 산책한다. 오로지 나에게만 집중하는 시간은 흔치 않은 만큼 소중하다.

필사하고픈 마음을 돋우는 공간도 중요하다. 매일 똑같은 시간, 똑같은 장소를 정해 두면 고민할 필요 없이 몸이 자동으로 움직인다. 전에는 거실 바닥에 누워서 필사했는데, 새로운 집으로 이사하면서 공간을 따로 꾸몄다. 침실 옆에 딸린 작은 베란다에 바 테이블과 의자를 놓았다. 오직 필사를 위해 기획한 장소다.

우리 부부의 자기 전 루틴은 이렇다. 잠옷으로 갈아입은 두 사람이 침실 옆 베란다 문을 열고 들어가 테이블 앞에 나란히 앉는다. 테이블 앞에는 창문이 활짝 열려 있고 선선한 밤공기가 불어 온다. 왼쪽에 놓인 간이 책꽂이에서 각자 필사할 책과 노트, 펜을 꺼낸다. 나는 만년필, 남편은 볼펜을 쓴다. 둘은 책에 표시해 둔 문장을 말없이 노트에 끼적인다. 낮에 책을 읽지 못했다면 이 시간에 잠깐 짬을 내어 독서를 한다. 필사하려면 어쨌든 책을 읽어야 하니까. 필사한 내용을 스마트폰으로 찍어 #필사스타그램 계정에도 올린다. '내가 고른 문장에 사람들이 공감해 줄까' 궁금해하며 잠자리에 든다.

필사를 하며 다양한 분야의 책을 읽고 저자의 생각을 따라가다 보면 사고의 폭이 넓어진다. 확고했던 신념이 무너지는 날도 있다. 손으로 느리게 읽었을 때 얻는 효과 아닐까. 책을 읽어도 남는 게 없다고 말하는 사람들은 읽는 속도와 권수에 집착하는 경향이 있다. 빨리 이 책을 해치우고 다음 책으로 넘어가려는 조급함이 깔려 있다. 필사를 하면 저절로 속도가 조절된다. 느리게 읽기는 곧 깊이 읽기다.

어휘력과 다양한 문장구조를 익히는 등 글쓰기에도 도움이 되지만, 내가 필사를 지속하는 가장 큰 동기는 안정감을 주기 때문이다. 혹부리영감에게 노래 주머니가 있다면 나에게는 불안 주머니가 달린 것 같다. 예민한 신경 탓일까, 부실한 건강 때문일까. 나는 이유도 없이 매일 불안했다. 사소한 문제라도 얼른 해결되지 않으면 양말에 가시가 박힌 것처럼 계속 신경이 쓰였다. 내 불안을 해결하려고 주변 사람들을 재촉하거나 괴롭히는 일도 마다하지 않았다.

하루하루를 알차게 보내야 한다는 강박도 있었다. 매일 비슷한 일상이 계속되면 뭔가 잘못된 것 같고, 컨디션이 좋지 않아서 종일 늘어져 시간을 보낸 날에는 소중한 하루를 낭비했다며 자책했다. '내가 더 튼튼하고 부지런했으면 이렇게 시간을 허투루 쓰지 않았을 텐데.'

필사를 하면서 나는 많이 차분해졌다. 익숙한 키보드를 사용하다가 주의를 기울여 손으로 또박또박 글씨를 쓰는 일은 마음처럼 쉽지 않았다. 급하게 썼다가는 철자를 틀려서 다시 써야 한다. 촉이 민감한 만년필로 획을 그을 때는 손에 들어가는 힘이나 속도도 일정하게 신경 써야지, 안 그러면 번지거나 글씨 모양이 어그러진다. 5분 동안 책과 노트 사이에서 시선을 왕복하며 한 글자씩 옮겨 적는 일은 느리지만 고도의 집중력이 필요하다. 숨 가쁘게 달려 온 오늘 하루, 불안하고 조급하던 마음을 잠시 내려놓는다.

아침형 인간은 모닝 필사로 하루를 열 테지만 올빼미인 나는 필사로 하루를 마무리한다. 그렇게 하자 하루를 돌아보며 느끼는 아쉬움이나 자책이 가라앉았다. 내가 비록 오늘은 몸이 안 좋아서 종일 누워 있었지만 그래도 필사 하나만큼은 해냈구나. 그래, '해냈구나'라는 말은 위안이 됐다. 작은 성취가 주는 안도가 나를 좀 더 느긋한 사람으로 만들었다.

작년까지는 그야말로 365일, 여행지에서도 병원에 입원했을 때도 노트를 챙겨 가서 필사를 했다. 혹시나 필사를 거르면 좋은 습관이 끊어질까 봐 걱정스러웠다. 지금은 그렇게까지 하지 않는다. 졸음이 오거나 컨디션이 좋지 않은 날에는 가끔 거르기도 한다. 필사가 나에게 얼마나 큰 의미를 갖는지 알기에 언제든 다시 시작할 수 있다는 자신감이 생겼다. 3년, 아니 30년 후에도 매일 밤 필사를 하고 있을까? 주름진 미간에 힘을 주며 만년필을 끼적이는 모습은 상상만으로도 꽤 멋질 것 같은데.

취향도 기분도 내가 정하기 나름

비 오는 날이 달갑지 않았다. 날씨에 영향을 많이 받는 편이라 기분도 처지고 체력까지 뚝 떨어졌다. 오전 중에 강의나 미팅이 잡혔는데 비가 내리면 거의 울상이 되었다. 대중교통을 이용하자니 어깨에 멜 짐이 너무 많고, 그렇다고 화창한 날에도 꺼리는 운전을 할 자신은 없었다. 그야말로 진퇴양난. 결국 어떤 선택을 하든 기진맥진해서 집으로 돌아와 신발을 벗자마자 침대 위로 뻗어 버렸다. 비 올 땐 역시 집이 최고지, 다 죽어 가는 목소리로 중얼거리면서.

단 하나의 위안이라면 커피였다. 갓 내린 커피 한 잔을 음미하며 창밖에 내리는 비를 감상하는 기분이란. 유리

창을 타고 흘러내리는 빗방울의 매끄러운 움직임을 좇으며 커피를 한 모금 마시면 손끝, 발끝까지 뜨끈하게 번지는 기운에 어느새 나른해졌다. 높은 습도 때문일까. 비 오는 날은 어떤 향이든 더 진하게 느껴진다. 맑은 날보다 비 오는 날에 커피가 더 맛있는 건 아마도 향 때문이겠지.

커피 향은 좋아해도 화장품은 웬만하면 무향을 선호한다. 지난 생일에 한 친구에게서 '인센스 스틱'이라는 생소한 물건을 선물받았다. 다른 친구들도 글 쓸 때 기분 전환하라며 향초, 룸 스프레이, 디퓨저 등을 보내 줬다. 사려 깊은 마음 씀이 고마웠지만, 나는 평소 향 제품을 즐기는 편이 아니다. 인공적인 냄새를 맡으면 이상하게 눈이 따끔따끔하고 속이 울렁거리기도 한다. 그러니 주인 잘못 만난 선물들은 책상 서랍 속에서 고이 잠을 자게 되었다.

최근에야 내 알레르기 수치가 보통 사람보다 스무 배 이상 높다는 사실을 알았다. 가려야 할 음식, 피해야 할 동물의 털과 먼지, 식물 등이 어찌나 많은지 모두 피해서 살려면 지구를 떠나야 할 판이다. 어쩌면 본능적으로 향 제품을 꺼렸는지도 모르겠다.

그날은 왜 그랬는지 평소답지 않은 호기심이 동했다.

방에서 글을 쓰고 있는데 갑자기 빗소리가 들렸다. 열어 두었던 거실 창문을 닫으려고 허둥지둥 나가다가 문득 인센스 스틱이 떠올랐다. 걱정 반, 호기심 반으로 그것 하나를 통에서 꺼내 들고 가스레인지 앞으로 갔다. 가스 불 한쪽에 조심스레 스틱 끝을 갖다 대니 타닥타닥 소리를 내며 성냥 머리처럼 붉어진다. 생일 초를 끄듯 '후' 하고 불자 가느다란 연기가 한 줄기 피어올랐다.

가만, 이 향을 어디서 맡아 봤더라. 눈을 감고 곰곰이 떠올렸다. 몇 년 전 발리 여행을 갔을 때 에어비앤비로 구한 숙소에 이틀간 묵었는데, 연식이 느껴지는 통나무집이었다. 집 주변에는 잎이 넓은 열대 식물들이 울타리처럼 둘러서 있고, 흙이 깔린 앞마당에는 넓적한 디딤돌들이 놓여 있었다. 집 안으로 들어가자 절에서 맡아 본 듯한 향이 풍겼다. 당시 우기였던 발리에 갑자기 지붕을 뚫을 듯 강한 스콜이 퍼붓는 바람에 나는 꼼짝없이 집에 갇히고 말았다. 절 향이 나는 실내에 비 맞은 식물 냄새가 흘러들어와 어우러지면서 싱그러운 기분이 들었다. 그 절묘한 향을 이불처럼 덮고 우레 같은 빗소리를 자장가 삼아 두 시간 동안 푹 낮잠을 잤더랬다.

그새 빗줄기가 좀 가늘어졌다. 베란다 창문을 활짝 열어 둔 채 창틀에 인센스를 올려놓고 방으로 들어왔다. 바람을 타고 오는 인센스 향이 독하지 않고 자연스러웠다. 빗소리를 들으며 인센스 향을 맡으니 발리의 통나무집이 떠오르면서 그때처럼 기분이 좋아졌다. 기분은 기운이다. 비 오는 날인데 기운이 났다.

실내에 잔잔하게 틀어 놓은 클래식 음악도 비 오는 날의 분위기와 잘 어울렸다. 평소에는 요란한 록 음악을 즐겨 듣지만, 글 쓸 때만큼은 모차르트를 듣는다. 일단 가사가 없으니 주의를 덜 뺏기고 차분해지면서 집중력도 높아지는 느낌이다. 쇼팽, 비발디, 베토벤도 들어 봤지만 역시 나에게는 그 이름도 근사한 모차르트의 리듬이 잘 맞았다. 그리고 커피 한 모금을 머금는다. 정말이지 더 바랄 것이 없다. 그 후로 나는 비 오는 날을 싫어하지 않게 되었다. 때로는 기다려지기도 한다.

향기 때문에 평소 싫어하던 것을 한순간에 좋아하게 되다니. 어쩌면 좋고 싫고는 저절로 생겨난 취향이 아니라 스스로 내린 정의 아닐까. '비 오는 날은 눅눅하고 기운이 처져서 싫어'라고 내가 결정해 버리면 장마 기간은 내내 불쾌한 날이 된다. 비가 오니까 인센스 향이, 커피 향이 더 풍부하게 느껴져서 좋다. 비가 오니까 미세먼지가 씻겨 내려가서 좋다. 비가 오니까 바삭한 부침개와 막걸리가 입에 착 붙어서 좋다. 얼마든지 나에게 즐거운 쪽으로 규정할 수 있다.

날씨는 내가 정하지 못한다. 비가 온다고, 덥다고 짜증을 내 봤자 소용없는 일이다. 나는 내가 어쩌지 못하는 상황을 만났을 때 불평하기보다는 그 안에서 나의 기운을 북돋울 만한 이런저런 궁리를 해 보기로 했다. 기분 좋은 향기로 축 처진 기운을 끌어올린 것처럼, 아직 발견하지 못했지만 나를 즐겁게 해 줄 또 다른 취향이 어딘가 숨어 있을지 모르니.

산뜻한 기분을 가꾸는 나만의 루틴

아침엔 시 낭송

보통 아침 기상 직후에 컨디션이 가장 좋지 않아 하루의 시작이 떨떠름했는데, 시 낭송을 하고부터 달라졌다. 눈을 뜨자마자 시집 한 권을 꺼내 두세 편, 소리 내어 읽는다. 내 목소리를 내가 들으면서 목과 귀가 깨어나고, 흐리멍덩하던 정신이 또렷해지면서 주어진 하루에 감사하는 마음이 생긴다.

식후 스쾃

밥을 먹고 나서 졸음이 몰려올 때 스쾃을 한다. 하체가 부실한 편이라 처음에는 힘들었는데 하다 보니 점점 수월해졌고, 어느 순간 즐기게 됐다. 책상에 앉아 글을 쓰다가 잠깐 일어나 20개만 해도 엉덩이와 허벅지 근육이 짱짱해지는 느낌이 들면서 늘어져 있던 에너지가 활활 타오른다.

매일 3분 명화 감상

올해는 명화 일력을 장만했다. 그날그날 날짜와 함께 유명 화가의 작품과 간단한 설명이 실려 있다. 하루에 3분 정도 시간을 내어 달력을 넘기며 감상하는데, 손바닥만 한 그림이지만 내일은 어떤 작품을 만날까 기대된다. 매일 멋진 그림을 즐기는 근사한 사람이 된 기분이다.

방구석 뮤지컬 덕후

무거운 기분을 가장 빠르게 바꾸는 방법은 좋아하는 음악을 크게 듣는 것 아닐까. 몸이 안 좋거나 정신이 피로한 날에는 음악이 비타민보다 더 강력한 효과를 발휘한다. 누구나 그렇듯 나의 음악 취향도 세월에 따라 변천사를 밟았다. 초등학생과 중학생 때는 또래들과 마찬가지로 H.O.T와 신화 오빠들의 노래를 테이프가 늘어지게 들었다. 몸과 마음이 가장 힘들었던 고등학생 시기에는 일명 '쓰리박(박효신, 박정현, 박화요비)'의 감미로운 R&B가 나를 위로했다. 스무 살 이후부터는 잘 알려지지 않은 인디 뮤지션이나 해외 록 밴드를 찾아 들으며 흐뭇해했다.

30대 중반이 넘어가자 이상한(?) 현상이 나타나기 시작했는데, 마치 흐르는 강물을 거꾸로 거슬러 오르는 연어들처럼 1990년대와 2000년대 음악을 찾아 듣게 된 것이다. 예를 들어, 여름이 오면 쿨이나 DJ DOC를 듣고 겨울에는 터보의 '회상'을 흥얼거리는 식이었다. 그 시절 음악을 들으면 오랜만에 친정집에 간 것처럼 마음이 편안하고 푸근했다. 요즘 인기 있다는 BTS나 뉴진스의 음악이 궁금해서 들어 보기도 했지만 나한테는 잘 와닿지 않았다.

자꾸만 과거의 음악을 반복 재생하는 나 자신이 마음에 들지 않았다. 마치 익숙한 동네를 절대 벗어나지 않으려고 하는 보수적인 노인이 된 것 같았다. 그렇다고 최신 유행 음악을 따라 듣자니 내적인 흥이 일지 않았다. 새로운 음악이 필요한데 그게 무엇인지 몰라 애꿎은 플레이리스트만 뒤적거렸다. 그러다가 3년 전 내 음악 취향 변천사에 새로운 획을 긋는 사건이 발생했으니, 생뚱맞게 뮤지컬 음악에 빠진 것이다.

연중행사로 가끔 뮤지컬을 관람했지만, 그리고 그때마다 감동했지만 여운은 그리 오래 가지 않았다. 일부러 뮤지컬 넘버를 찾아 듣거나 배우를 검색해 본 적은 없었다. 그런 나를 정신이 번쩍 들게 한 것은 〈드라큘라〉라는 작품이었다. 전혀 관심도 없던 아이돌 출신 배우가 온몸을 던져 쏟아내는 노래와 연기에 완전히 몰입했다. 드라큘라가 400년 동안 찾아 헤맨 미나에게 사랑을 고백하는 장면에서는 가슴이 찢어질 듯 아파서(진짜로 찢어졌는지 가슴팍을 만져 보기도 했다) 꺼이꺼이 오열하느라 가방에 있던 휴지를 몽땅 뽑아 썼다.

바싹 메말라 있던 마음에 파도가 몰아치는 듯한 격정을 참으로 오랜만에 느꼈다. 뮤지컬이 끝나고 퉁퉁 부은 눈으로 공연장 밖을 나왔을 때는, 400년 묵은 때를 벗겨 낸 양 개운한 기분이 들었다. 드라큘라에게 신선한 피를 수혈받은 것처럼 몸에서 활력이 샘솟았고, 건조한 피부에 윤기가 흐르는 듯했으며, 눈앞에 보이는 세상의 채도가 한층 높아졌다. 감동과 카타르시스가 휩쓸고 지나간 자리에는 스트레스와 부정적 감정의 부스러기 대신 새로운 에너지가 가득 들어찼다.

그러고 보니 방송 일을 할 때 우리 팀 메인 작가님이 매주 똑같은 뮤지컬을 보러 다녔다. 티켓을 예매할 때마다 후배 작가들을 총동원해서 좋은 좌석을 맡으려고 애쓰기도 했다. 그는 버는 족족 뮤지컬 관람에 돈을 썼고, 그것 때문에라도 자신은 일을 그만둘 수 없다며 우는소리를 했다. 고가의 뮤지컬을, 그것도 매주 똑같은 공연을 보러 다니는 그녀가 그때는 이해되지 않았다. 뮤지컬 덕후들이 말하는 '회전문'을 끊임없이 도는 그 심경을, 이제야 깊이 공감하게 되었다.

연말이면 유튜브 뮤직에서 내가 한 해 동안 즐겨 들었던 플레이리스트를 정리해 준다. 뮤지컬 〈드라큘라〉 노래를 얼마나 닳고 닳도록 들었던지, 김준수 음악을 즐겨 듣는 사람 '상위 0.1퍼센트'란다. 흥미로운 것은 하나의 문이 우연히 열리면 그 뒤에 숨어 있던 여러 개의 문이 연쇄적으로 열린다는 점이다. 〈드라큘라〉 영상을 찾아보고 음악을 듣다 보니 유튜브 알고리즘이 계속해서 또 다른 뮤지컬들을 추천해 줬다. 김준수 배우의 출연작은 물론이고, 그동안 몰랐던 뮤지컬 배우들을 하나하나 알아 가는 재미가 있었다. 이제 웬만한 뮤지컬 넘버는 뀐다고 자부하지만 막상 공연장에서 본 뮤지컬이 많으냐고 하면 그건 또 아니다. 이유는 두 가지다.

첫 번째는 내 자리가 없다. 처음에 뭣 모르고 다음달에 뮤지컬을 보러 갈 거라고 했더니 뮤덕 친구가 어처구니없다는 표정을 지으며 말했다. "얘야, 그 뮤지컬은 네가 보고 싶다고 볼 수 있는 게 아니란다." 머글 김선영은 속으로 의

아했다. '아니, 내 돈 내고 내가 보겠다는데 못 볼 건 뭐람.' 하지만 곧 진실을 깨달았다. 인기 뮤지컬은 오픈과 동시에 전석 매진이 당연한 일이었다. 도대체 손가락에 모터가 달린 자들이 누구인지 부럽기만 했다. 너무 보고 싶은 뮤지컬은 가격을 더 얹어 주고 본 적도 있었는데, 암표 문화에 일조하는 기분이 들어서 찝찝했다.

두 번째는 가격. 뮤지컬 관람은 고가의 취미 생활이다. 인기가 조금 덜한 배우를 캐스팅한 공연은 자리가 있지만, 그래도 VIP석을 구하려면 15만 원 이상(나한테는 최애 배우의 공연에만 지불 가능한 금액)이다. 그렇다고 하느님 자리(천장과 가까운 3층 좌석)는 내키지 않는다. 이왕이면 가장 잘 보이는 자리에서 배우의 눈짓 몸짓을 보며 온몸으로 공연을 느끼고 싶으니까.

결국 나는 '방구석 뮤덕'의 길을 택했다. 누군가는 아침에 경쾌한 보사노바나 산뜻한 팝으로 잠을 깨운다지만 나는 강렬하고 장대한 서사시로 시작한다. 침대에서 눈을 뜨자마자 블루투스 스피커에 휴대폰을 연결해 뮤지컬 음악을 랜덤으로 재생한다. 정성화가 부르는 〈영웅〉의 장부가나 김소현이 부르는 〈오페라의 유령〉, 옥주현의 〈레베카〉가 나오면 그야말로 가슴이 웅장해진다. 〈킹키부츠〉처럼 발랄한 음악은 어깨춤이 절로 나니 몽롱한 정신을 깨우기 딱 좋다. 뮤지컬 음악을 집 안에 빵빵하게 틀어 놓으면 매일 똑같이 반복되는 평범한 일상이 극적인 드라마처럼 생동감 있게 느껴진다.

한번은 무심코 유튜브 알고리즘이 추천하는 영상을 보다가 눈을 떼지 못한 적이 있다. 보이는 라디오를 녹화한 장면이었는데, 뮤지컬 배우 마이클 리가 〈지저스 크라이스트 슈퍼스타〉를 라이브로 부르기 시작했다. 처음에는 자리에 앉아서 부르다가 안 되겠는지, 벌떡 일어서서 라디오 부스를 찢을 듯이 열창했다. DJ는 물론이고 함께 앉아 있던 다른 패널들도 모두 소름이 끼쳐 얼어붙은 표정이었다. 직접 가서 보는 감동은 당연히 못 따라가겠지만, 집에서도 얼마든지 뮤지컬을 보고 들을 수 있음에 황송했다.

어떤 음악은 하도 많이 들어서 나도 모르게 가사를 따라 부르게 된다. 그러면 뮤지컬 주인공에 빙의하여 절로 성대에 묵직한 힘이 들어간다. 어느 날은 〈영웅〉의 안중근이 되어 "장부가 세상에 태어나 큰 뜻을 품었으니~" 하고 목울대를 울리며 노래를 부르자, 고요한 분위기를 좋아하는 남편이 시끄럽다고 진저리를 쳤다. 처음에는 저러다 말겠지 했을 것이다. 3년 동안 아침부터 잠들기 직전까지 줄기차게 집에 뮤지컬 음악을 틀어 놓으니 이제는 그 역시 가사를 외워서 흥얼거리곤 한다.

나는 지금도 하루의 시작과 끝을 뮤지컬 음악으로 화려하게 장식한다. "누가 죄인인가! 누가 죄인인가!"를 외치며 허리가 아파서 종일 침대에 누워 있은 죄, 피부가 가려워서 긁은 죄, 그러면서 또 야밤에 마라탕을 시켜 먹은 죄를 반성하고는 한다.

매일 화창할 순 없어도

예전에는 심란한 마음이 들 때면 현관문을 열고 밖으로 나갔는데, 요즘은 옥상으로 올라간다. 옥상 한 모퉁이 작은 공간이지만 나를 반기는 친구들이 기다리고 있으니. 얼마 전부터 다시 키우고 있는 바질, 상추, 루콜라 삼총사를 합쳐서 나는 '바상루'라고 부른다.

바질의 독보적인 향과 루콜라의 고소하고 맵싸한 맛에 반해 몇 년 전에도 허브를 키운 적이 있다. 아파트 베란다인데도 쑥쑥 잘 자라서 신이 났는데, 얼마 안 가 눈에 거슬리는 존재들이 나타났다. 바질과 루콜라 주변을 날아다니는 '뿌리 파리'라는 해충이었다. 깨알만 한 성체는 보기 싫고 귀찮을 뿐 문제가 아니지만, 이들이 흙 속에 낳은 알에서 부화한 애벌레는 식물의 뿌리를 갉아 영양을 빼앗아 간다. 아니나 다를까. 싱싱하던 바질이 성장을 멈추고 루콜라는 누렇게 떠서 시들기 시작했다.

옅은 농약을 사다가 물에 희석해서 흙에 뿌렸다. 에프킬라를 한 통 다 뿌려 보기도 했다(이미 무농약 허브는 물 건너간 상황). 최후의 방법으로 흙을 전자레인지에 구워서 분갈이해 주기도 했다. 효과는 잠시뿐, 뿌리 파리는 도무지 사라지지 않았다. 그 후로 바질 잎을 따서 바질 페스토를 해 먹고는 허브들을 뿌리째 모두 뽑아 버렸다. 습한 실내에서 흔히 생기는 뿌리 파리는 나만 몰랐을 뿐 반려 식물을 키우는 이들 사이에서 악명 높은 녀석이었다.

올봄 무리해서 새집으로 이사를 했다. 자연과 가깝게 살고 싶다는 로망이 있었는데, 옥상 딸린 연립주택의 청약에 당첨되어서 무려 30년 대출을 끼고 입주했다. 내 몸이 가장 오랜 시간 머무르는 곳에 투자하는 거니까 괜찮다고 애써 합리화했지만, 막상 이사를 앞두자 매달 빠져나갈 대출금과 이자 생각에 잠이 오질 않았다.

우여곡절 끝에 들어간 새집. '괜한 짓을 했나'라는 후회는 한 달 만에 '잘했구나'로 바뀌었다. 계단 몇 개만 올라가면 집 밖으로 나가지 않아도 파란 하늘이 머리 위에 있다. 도시에 살면서 사방이 뻥 뚫린 공간을 소유하는 게 이토록 기쁜 일인 줄 몰랐다. 글을 쓰다가도, 몸이 찌뿌둥하거나 가슴이 갑갑할 때도 옥상을 찾았다. 허전한 옥상을 어떻게 꾸미면 좋을까 궁리하다가, 뿌리 파리 창궐로 실패했던 바질과 루콜라 농사가 떠올랐다. 옥상이라면 통풍이 잘되니 뿌리 파리가 안 생기지 않을까.

인터넷으로 바질과 루콜라 모종을 각 여섯 주씩 주문했는데 인심 좋은 종묘상이 상추 모종 두 주까지 딸려 보냈다. 집에 마침 기다란 화분과 분갈이하고 남은 상토가 있길래 바로 모종을 옮겨 심었다. 화분에 옹기종기 모여 있는 모습이 병아리들처럼 귀여웠다. 손가락만 했던 모종은 사흘이 지나자 손바닥만큼 잎이 넓어졌다. 바람이 잘 통하는 야외에서 햇볕을 듬뿍 받아서 그런지 하루가 다르게 쑥쑥 자랐다.

일주일쯤 지났을 때 뉴스에서 폭우가 쏟아진다는 예보가 나왔다. 옥상의 바상루가 걱정됐다. 소나기에 흙이 파이고 아직 여린 식물이 빗방울 압력에 꺾이면 어쩌나 싶었다. 그렇다고 집 안에 들여놓자니 매번 비 올 때마다 그럴 수도 없는 노릇이었다. 걱정과 체념으로 하루가 지나고 다음 날, 변덕을 부리듯 비가 개었다. 눈을 뜨자마자 잠옷 바람째 옥상으로 올라갔다. 온통 파헤쳐진 화분의 흙과 이파리가 꺾인 바상루를 상상하며, 너무 충격받지 말자고 마음을 추슬렀다.

놀랍게도 바상루는 아무 이상이 없었다. 초록은 더 짙어졌고 잎 끝에 맺힌 빗방울은 유리알처럼 반짝거렸다. 몸집이 오히려 1.5배는 더 커진 듯했으며 이파리도 왕성해 보였다. 화분 물받침은 빗물로 가득 찼지만, 신기하게도 흙은 파헤쳐지지 않았다.

며칠 후 그 비밀을 알게 됐다. 모종을 너무 밭게 심어 놓은 바람에 화분이 금방 비좁아졌길래, 커다란 화분으로 옮겨 주려고 바질과 루콜라 몇 뿌리를 꽃삽으로 살살 떠내고 있었다. 그런데 우두둑 뿌리가 뜯기는 소리가 나면서 커다란 흙덩이가 통째로 딸려 올라오는 것 아닌가. 벌써 모종의 뿌리가 넓게 뻗쳐 흙을 꼭 붙잡고 있었다. 그 덕에 많은 비가 내려도 흙이 파헤쳐지거나 식물이 뭉개지지 않은 것이다. 바상루는 겉으로는 연약해 보였지만 속으로는 단단하게 땅을 붙잡고 악착같이 살아 내었다.

그런데 얼굴을 가까이하여 살펴보니 몇몇 잎에 구멍이

숭숭 뚫려 있었다. 그 사이 벌레라도 생긴 걸까. 나는 잎을 뒤집어도 보고 흙을 뒤적거리며 가해자 색출에 나섰다. 알고 보니 쌀알보다 작은 초록색 애벌레가 루콜라 잎 뒤에 숨어 있었다. 한두 마리가 아니었다. 맙소사, 뿌리 파리를 피해 옥상에 식물을 심었더니 나방이 날아와 알을 깐 것이다. 나는 다리에 힘이 풀려 털썩 주저앉았다.

그 뒤로 시간만 나면 옥상에 올라가 땡볕 아래에 쭈그리고 앉았다. 땀을 뻘뻘 흘리며 보이는 족족 핀셋으로 애벌레를 잡았지만, 없애도 없애도 요술처럼 다시 나타나서 수작업으로 감당이 안 됐다. 유기농 채소가 괜히 비싼 게 아니었다. 초보 옥상 농부는 농약 없이 채소를 키우기 어렵다는 현실을 받아들이기로 했다. 이렇게 된 거, 나도 먹고 애벌레도 먹고 같이 나눠 먹자꾸나. 자연에서 자라는 식물을 벌레 없이 키우려 하다니 미욱한 욕심이었다.

매일 화창할 수 없다. 때로는 불볕더위에 버티고 따가운 비도 맞아야 한다. 벌레가 파먹어도, 좀 자라려고 하면 이파리를 똑 떼어 가는 인간이 있어도 날마다 '바상루'는 꿋꿋이 제 일을 하고 있다. 어두운 땅속으로부터 있는 힘껏 영양을 끌어 올려 잎으로 보낸다. 곧 꽃대가 올라오고 꽃도 피겠지. 바질 꽃은 만나 봤는데, 루콜라는 또 어떤 꽃을 피울지 은근히 기대된다. 주말에는 옥상에서 고기를 굽고 내가 키운 연한 상추로 쌈을 싸서 먹어야지.

옥상에 올라가기 전, 나는 마치 주위에 여러 사람이 있는 것처럼 큰 소리로 "바상루 보러 갈 사람~!" 하고 외친다. 그러면 쿵짝이 잘 맞는 반쪽이 "저요, 저요!" 하며 내 뒤를 따라 함께 옥상으로 올라온다. 오늘은 또 얼마나 자랐는지 들여다보며 시든 잎을 따 주고 향도 맡아 본다. 엄마가 나와 남동생을 출가시킨 후 좁디좁은 집에 왜 자꾸 화분을 들여 놓는지 이제야 알 것 같다. 그렇게 나는 새로운 식구와 새집에서 알콩달콩 정을 쌓고 있다.

몸도 마음도 가볍게 맨발 걷기

한창 등산을 다닐 적에 혼자 경주 남산을 오른 적 있다. 등산복이 땀으로 흠뻑 젖을 정도로 여름의 한복판이었다. 버스정류장에서 시내로 돌아가는 버스를 기다리다가 옆에 앉아 있던 한 외국인과 눈을 마주쳤다. 독특한 레게머리 스타일을 보니 산행 중 한두 번 스친 사람이었다. 씽긋 웃으며 비닐 포장을 뜯어 빵을 먹는 그의 손바닥은 온통 흙투성이였다. 나는 등산 가방에서 물티슈를 꺼내 건넸다. 그는 "땡큐" 하고는 손을 대충 닦더니, 미소를 지으면서 이렇게 덧붙였다. "그냥 흙이야. 흙은 더럽지 않아."

지나가듯 던진 그 말이 이상하게 오래도록 내 기억에

남았다. 흙은 더러운 게 아니라는 말. 흙은 모든 생명의 처음이자 끝이고 내가 언젠가 돌아갈 곳이기도 하다. 아마도 그때부터 나는 흙을 조금 다른 눈으로 보게 된 것 같다. 지저분하다고 털어 내기보다는 기회가 생기면 가까이하려고 했다. 화분 분갈이할 때 웬만해선 장갑을 끼지 않았다. 수건이나 돗자리를 깔지 않아도 개의치 않고 해변 모래사장에 누웠고, 산에서 너럭바위를 발견하면 벌렁 드러누워 '별다섯 개짜리군' 하며 흡족해했다.

맨발 걷기를 처음 시도한 건 그로부터 한참 후의 일이지만 꽤 오랫동안 관심을 갖고 있었다. 건강 프로그램 작가로 일할 때 맨발로 걷는 한의사를 취재한 적 있다. 그분은 나이에 비해 활력이 넘쳤는데, 평소에 두 시간 이상씩 맨발로 걷고, 해마다 맨발 마라톤에 참가한다고 했다. 환갑이 지나서 늦둥이가 생겼는데 맨발 걷기가 그 비결이라나.

하지만 도시에 살면서 맨발로 걷기란 여의치 않다. 맨발 걷기의 효과를 제대로 누리려면 '흙'을 밟아야 하는데 거리는 대부분 시멘트나 보도블록으로 포장돼 있고, 가까운 산을 찾아도 병뚜껑이나 유리 조각을 밟을 위험이 도사리고 있으니 말이다.

여행이 기회였다. 여행지를 결정하면 주변에 맨발로

걸을 만한 길이 있는지 꼭 찾아본다. 해변이 있으면 가장 좋다. 촉촉하게 젖은 모래를 밟으면 푹신하니 발바닥이 아프지도 않을뿐더러 땅의 기운이 발에 온전히 밀착된다.

제주에 여행 갔을 때는 누가 비자림을 추천하길래 한 시간 넘게 그곳을 맨발로 걸었다가 다음 날까지 발바닥이 욱신거려서 혼이 나기도 했다. 산책로에는 콩알만 한 붉은 화산송이 자갈돌이 융단처럼 깔려 있었다. 덕분에 지압 효과는 톡톡했지만, 한 발 한 발 내디딜 때마다 고통에 몸부림쳤다. 나무 데크 길이 나오면 사막에서 오아시스를 만난 사람처럼 반가워했다. 인류 최고의 발명품은 신발이라고 확신하며. 물론 신발이 없던 시대에는 발바닥에 굳은살이 많아 지금처럼 아프지는 않았겠지만 말이다.

무엇보다 맨발로 걷고 난 날은 잠을 정말 푹 잔다. 평소라면 멀뚱멀뚱할 초저녁부터 슬슬 졸음이 몰려온다. 자고 난 다음 날도 몸이 가뿐하다. 흙을 밟을 때 느껴지는 발바닥의 촉감, 온몸으로 전달되는 상쾌한 에너지, 그리고 그날 밤의 꿀잠까지, 맨발 걷기의 매력을 내가 좋아하는 사람들에게도 알려 주고 싶었다. 그래서 글쓰기 모임을 함께하는 분들과 만나기로 했을 때, 맨발 산책을 제안했다. 마침 모임 장소였던 대전에 맨발 산책로가 잘 조성된 계족산이 있었다. 모두 재미있겠다며 반색했다.

전국 각지에 흩어져 살며 주로 블로그나 인스타그램 같은 소셜 미디어로 소통하는 이들과 실제로 얼굴을 본 횟수는 몇 번 안 된다. 사는 지역도, 나이도 제각각이지만 다들 꾸준히 블로그에 글을 쓰는 덕분에 요즘 어떤 책을 읽는지, 무슨 고민을 하며 사는지 서로 알고 지낸다. 우연한 만남, 취향으로 이어진 멀고도 애틋한 사이. 그래서 이 우정이 더 특별하게 느껴지는지도 모른다.

계족산 황톳길은 기대보다 더 훌륭했다. 건강한 흙임을 증명하듯 완벽에 가까운 황토색이었고, 며칠 전 비가 와서 질감이 녹진했다. 부담스럽지 않은 해발 200~300미터 높이에 10킬로미터 넘게 산책길이 펼쳐져 있었다.

내가 먼저 샌들을 벗어 쇼핑백에 집어넣었다. 쭈뼛쭈뼛하던 글 친구들도 하나둘 신발과 양말을 벗었다. 차갑고 미끄덩한 황토를 밟자 어릴 적 미술 시간에 갖고 놀던 지점토가 떠올랐다. 찰흙이나 지점토로 무언가를 만들 때 찰기를 더하려고 손바닥에 물을 묻혀서 주물렀던 기억이 난다. 지점토 반죽은 주무를수록 점점 더 미끄덩해졌는데 물 묻은 황톳길의 촉감이 딱 그랬다. 아차 하면 넘어지겠다 싶어 열 발가락에 힘을 꽉 주며 오르막을 올랐다. 나무 밑 그늘

길이었는데도 몸에서 열이 올라왔다. 출발은 같았지만 걸을수록 사이가 벌어졌다. 앞서 가던 사람들이 멈추어 뒷사람을 기다려 주기도 했다. 울창한 나무 사이로 햇살이 새어 들었다.

30분쯤 걸었을까. 산 중턱 즈음에 놓인 커다란 나무 평상이 우릴 맞아 주었다. "저기서 쉬었다 갈까요?" 누군가의 외침에 너나 할 것 없이 평상 위에 대자로 드러누웠다. 흙이 묻은 발바닥을 달랑달랑 흔들며 초록 이파리 사이로 드러난 하늘을 넋 놓고 올려다보았다. 아토피가 심해져 회사를 그만두고 매일 혼자 뒷산을 오르던 시절이 전생처럼 떠올랐다. 달라진 점은 그때처럼 외롭지 않다는 것. 세상은 여전히 아름다웠고 나는 더 이상 칙칙하지 않았다. 그 세상의 일부였다.

그러고 누워 있는 내가 조금 우습고 신기했다. 깔끔 떤다고 손에 흙 묻히기를 꺼리고 손수건이라도 깔아야 흙바닥에 앉던 내가, 이제는 누울 곳만 보이면 옷이 더러워지거나 말거나 등부터 들이댄다. 기회만 되면 양말을 벗고 걸으려 하며 맨발 전도사까지 자처하다니. 흙에는 경직된 마음을 부드럽게 풀어주는 마력이 숨어 있는가 보다.

몸이 아프면 자꾸만 자연과 가까워진다. 어려운 일이

아니었다. 발바닥과 땅 사이를 가로막는 방해물만 제거하면 되는 거였다. 내가 만약 아주 건강했다면 산을 찾았을까. 맨발로 걷고 이 좋은 사람들과 하늘을 올려다보며 누워 있었을까. 그렇게 생각하니 불공평하기만 한 세상에도 공평한 부분이 조금은 남아 있다는 생각이 들었다. 어디선가 귀여운 새소리가 들렸다.

맨발 걷기가 처음이라면

▶ 우선 집에서 가까운 장소부터 찾아보자. 지도 앱에 '맨발 걷기'라고 검색하면 전국에 있는 명소들이 뜬다. 행여 뾰족한 물건에 발을 찔릴 위험이 있으니, 맨발 산책로로 지정된 곳이 안전하다.

▶ 준비물은 신발을 담을 가방이나 봉투, 수건 한 장, 근처에 발을 씻는 곳이 없다면(맨발 산책로라고 표지판을 건 곳은 대개 있다) 물티슈도 챙긴다.

▶ 마른 흙보다는 약간 촉촉한 흙이 좋다. 바닷가 근처에 놀러 갔다면, 뒤처리 고민일랑 접어 두고 신발과 양말을 벗자. 발목이 찰랑찰랑 잠길 정도의 수위에서 해변을 따라 쭉 걷는다. 10분만 걸어도 그 매력에 푹 빠질 것이다. 마른 모래 위를 잠시만 걸어도 발에 물기가 가시니 수건이 없어도 괜찮다.

게으른 P의 시간 관리법

금요일은 언제나 설레지만 매달 마지막 주는 두 배로 설렌다. 다음 날 오전에 독서 모임이 잡혀 있기 때문이다. 보통 금요일에는 한 주간 간헐적 단식을 하느라 쫄쫄 굶은 남편과 치킨이나 떡볶이 등을 시켜 치팅을 하지만 독서 모임 전날은 자제하는 편이다. 야식을 너무 많이 먹으면 다음 날 늦잠을 자기 쉽고 머리도 맑지 않아서다. 오전 11시면 그렇게 이른 시간은 아니지만, 약속 없는 주말은 자고로 달콤한 늦잠이 필수니까.

코로나의 기세가 주춤하자마자 나는 월 1회 오프라인 독서 모임을 기획해 모임원을 모집했다. 그동안은 온라인에서 화상으로 얼굴을 보며 진행했지만 직접 마주 앉아서 하는 것과는 차이가 있다. 공감의 제스처는 입에서 나오는 말뿐이 아니니까. 대면 모임에서는 서로 진지한 눈빛이 오간다. 미간을 움직이며 끄덕이는 동조, 상대를 향해 돌린 어깨 방향, 집중하며 필기하는 손, 갑작스레 터지는 웃음소리가 만들어 내는 스터디 룸의 공기는 가상 공간으로 대체하지 못한다.

모임원들에게는 미안한 말이지만 독서 모임을 기획한 가장 큰 이유는 사심이다. 일단은 내가 재미있게 읽은 책을 함께 읽고 대화하며 생각을 나누는 일이 즐거워서다. 물론 '글쓰기 코치'라는 책임감도 어느 정도 갖고 있다. 그래서 서평을 꼭 쓰게 하고 발제문을 직접 만들어 보는 훈련도 하고 있다. 모임 참가자들도 나처럼 얻어 가는 게 많았으면 좋겠다.

독서 모임은 나의 시간 관리 비법 중 하나이기도 하다. 아무리 17년 넘게 글쓰기로 밥벌이를 한 사람이라도 강제성이 없으면 매일 책을 읽고 글을 쓰기 힘들다. 읽기와 쓰기는 본능에 반하는 행위이기 때문이다. 우리는 그저 생존이라는 현실에 던져졌을 뿐, 책을 읽고 글을 쓰려고 태어나지 않았다.

그러나 호모사피엔스는 저마다 인생의 의미를 찾으려고 애쓰는 신기한 동물이다. 독서 모임 하는 날을 달력에 박아 두면 따로 독서 시간을 정해 두지 않아도 저절로 책을 읽게 된다. 모임 전주에 서평을 써서 올리고 모임원들과 나눌 발제문을 만들어야 하니까. 그렇지 않으면 책을 손에 잡는 날이 확실히 줄어든다. 나는 작가니까, 책을 손에서 놓으면 안 되는 사람이니까, 나의 정체성을 유지하려고 설치해 둔 자발적 덫이랄까.

독서 모임에 오는 사람은 다양하다. 나보다 열 살 위 여성에게서 내가 겪어 보지 않은 엄마와 학부모의 세계를 엿보고, 세 가지 일을 겸하는 사업가에게 강의 아이디어를 얻기도 한다. 20대 친구의 이야기를 들으며 요즘 세대의 고민을 읽고, 내가 한 번도 경험해 보지 않은 남성의 시선으로도 세상을 해석해 본다. 직장 생활을 하지 않는 내가 어디에서 이런 다양한 사람들을 만날 수 있을까. 책을 매개로 각자의 아픔과 상실, 감동의 순간을 털어놓는다. 낯선 삶들이 연결된다. 홀쭉했던 마음이 충만해진다.

나는 독서 모임만 하지 않는다. 조금 과하게 표현하면 '모임 중독자'다. 미라클 모닝 모임, 필사 모임, 운동 모임,

글쓰기 모임에 참여했거나 지금도 참여하고 있다. 글쓰기 모임은 내 나약한 체력과 의지를 다잡는 데도 효과적이다. 예를 들어, 원고 마감 날짜가 다가오는데 글이 잘 써지지 않을 때 나는 브런치에서 '공동 매거진'을 함께 쓸 사람을 모집한다. 월화수목금, 나를 포함한 다섯 명이 요일을 하나씩 맡아 해당 요일마다 주제별로 글 한 편씩을 올리는 것이다. 목요일을 맡은 내가 글을 쓰지 않으면 우리 매거진에 지장이 생긴다. 책임감은 어떻게든 글을 쓰게 등을 떠밀고, 그 글은 내 책의 초안이 된다.

운동 모임을 예로 들어 볼까. 3년 전쯤 '아바매런(아무리 바빠도 매일 달리기 하는 모임)'이라는 모임을 만들어 글 모임을 함께하던 멤버에게 리더를 맡아 주길 부탁했다. 부지런한 리더님 덕분에 그 모임은 현재까지 유지 중이다. 나는 그곳에 속해 주 3회 운동(주로 요가)을 인증한다. 열다섯 명 인원이 각자 달리기, 만 보 걷기, 골프, 헬스, 줌바 댄스 등 운동한 기록이나 사진을 올린다. 리더는 '오늘도 잘 해내셨다'고 응원해 주고 한 주간의 기록을 정리한 현황판을 보여 준다. 나는 오픈 채팅방에 늘어나는 멤버들의 인증 사진을 보며 운동을 거를까 고민하던 나태한 마음을 바로잡는다.

가끔 나에게 어떻게 그렇게 부지런히 글을 쓰냐고, MBTI가 파워 J(판단형, 계획형)일 거라고 확신하며 묻는 사람이 있다. 나는 P(인식형, 즉흥형)형 인간이며 체력이 약한 탓에 부지런한 사람은 더더욱 아니다. 강제성이 없으면 퍼질러 있는 것을 가장 좋아한다(지금도 침대에 눕는 순간이 가장 행복하다). 시간 관리를 잘하는 사람들에게는 저마다의 비법이 있다. 그야말로 파워 J들은 스케줄러를 열심히 쓴다. 매시간 단위로 자신이 해야 할 일을 적어 놓고 하나하나 실행하며 지워 가거나, 한 주를 돌아보면서 그 다음 주 계획을 세우기도 한다. 나는 그런 것을 할 사람이 못 된다. 다이어리를 사도 1, 2월만 쓰다가 메모장으로 용도를 바꾼 것이 수두룩하다.

그래서 모임에 의지한다. 인간은 환경에 적응하는 동물이니까. 삶을 방치하지 않고 긍정적인 동기로 채우는 사람들 속으로 들어가면 나도 따라 하게 된다. 처음에는 울며 겨자 먹기로 하다가 어느새 전염되어 버린다. 마치 나도 원래 그런 사람이었던 것처럼. 그렇게 스스로에게 부여할 강제성이 필요해서 만든 모임이었는데 시간이 지나고 보니 더 소중한 것을 얻었다. 이제는 그 사람들이 좋아서 모임을 한다. 무엇이 먼저인가를 따질 필요 없이 스며들었다.

의지력이 약해서 운동이든 독서든 꾸준히 하기 힘들다는 사람들에게 나는 자신 있게 '모임'을 추천한다. 모임의 목적을 어떻게 설정하느냐에 따라 시간을 죽이는 소비적인 만남이 되기도 하고, 나의 일과 취미를 동시에 해결하는 생산의 장이 되기도 한다.

거절을 잘하는 편입니다

"착하게 살면 손해 본다"라는 말이 상식처럼 통용되는 시대에도 여전히 착한 사람 콤플렉스에 시달리는 이들이 있는 걸 보면, 인간에게는 타인에게 좋은 사람으로 보이고 싶은 뿌리 깊은 욕망이 있는 듯하다. 그런데 '착하다' '나쁘다'를 결정하는 기준은 무엇일까. 만약 그 기준이 '거절의 횟수'라면, 나는 나쁜 사람에 가깝다.

언제부터였는지 모르겠지만 나는 내가 하기 싫은 일은 단호하게 거절한다. 물론 마음이 편하지만은 않다. '그냥 해 줄 걸 그랬나' 후회할 때도 있다. 보통은 상대방도 고민하다가 어렵게 꺼낸 부탁일 테니 말이다. 그럼에도 거절을 택하는 이유는 시간은 체력이고 체력은 하루를 살아가는 동력이기 때문이다.

내가 주로 거절하는 부탁은 나의 노동, 즉 시간의 가치를 인정하지 않을 때다. 특히 '글'은 엄연한 육체와 정신 노동의 산물임에도 그 결과물로만 판단할 뿐, 완성까지의 고된 과정은 존중하지 않는 경우가 많다. 글이 한순간에 하늘에서 뚝 떨어지는 것도 아닌데 말이다. 가끔 나에게 자신이 쓴 글을 한번 봐 달라며, 무엇이 잘못되었는지 첨삭해 달라고 아무렇지 않게 부탁하는 사람이 있다. 혹은 목차 구성을 봐 달라, 심지어 책 한 권 분량을 '한번 봐 달라'고 한 사람도 있었다.

보통 한두 번 온라인이나 도서관에서 만난 인연, 혹은 과거에 잠깐 알던 사람에게서 불쑥 연락이 온다. '덕분에 글을 쓰기 시작했다' '공모전에 도전해 보려고 한다'는 소식은 무척 반가웠고 진심으로 응원했지만 그런 말들 뒤에는 어김없이 불편한 부탁이 숨어 있었다.

그러면 나는 나의 팬이라고 자처하는 고마운 그들에게 단호하게 선을 긋는다. 바쁘다고 둘러댈 때도 있지만 "저는 글쓰기를 업으로 삼는 사람입니다. 글을 다루는 일은 저의 시간과 노력이 들어가는 노동인 만큼 비용을 받습니다"

라고 직접적으로 말하기도 한다. 표현은 냉정하게 하지만 속은 여간 불편한 게 아니다. 당연한 권리를 주장하는 데도 괜히 야박한 사람이 된 것 같고, '다른 사람들은 그냥 해 주려나, 내가 너무 까칠한가' 반성도 해 본다. 하지만 그 찝찝함은 결국 잦아든다. 내 소중한 시간(다시 말하지만, 시간은 곧 체력이다)을 지켰다는 사실에 안도한다.

다른 글쓰기 강사는 실제로 그런 '서비스'를 해 주는지 모르겠다. 다른 것도 아니고 글을 잘 쓰고 싶어 하는 간절함을 외면하는 것이 옳은 일일까 진지하게 고민도 해 봤다. 나는 글쓰기에 어려움을 겪는 사람에게 도움을 주고 올바른 방법을 안내하는 '글쓰기 코치'로 활동하고 있으니, 어쩌면 그 일은 정말로 내가 해야 하는 일 아닐까.

하지만 그렇게 한두 번 부탁을 들어주다 보면 곤란한 상황이 쌓이게 된다. 누구는 해 주고, 누구는 안 해 줄 수 없다. 또 대가 없이 해 주는 업계 일은 대개 좋은 소리를 못 듣는다. 누군가는 그 일을 가볍게 취급해 전문성과 가치를 인정받지 못하게 되기 때문이다. 그러니 내가 그런 부탁을 쉽게 들어주면 동종 업계에 안 좋은 선례를 남기는 셈이기도 하다. '글쓰기를 봐주는 건 쉽고 간단한 일이야'라는 그릇된 판단이 자리 잡을 테니.

글쓰기와 관련된 부탁 외에도 나에게 부담이 되거나 내키지 않는 일은 그리 오래 고민하지 않고 거절하는 편이다. 마음이 약해져 거절하지 못하고 시간을 끌다가 뒤늦게 못 하겠다고 하면 상대방이 대안을 찾을 시간을 빼앗는 격이다. 고민하느라 마음의 짐을 안고 있는 것 자체가 이미 기운을 깎아 먹기 때문에 나를 생각해서도 결정은 빠를수록 좋다.

거절을 잘 못하는 사람이 반드시 이타적이라고도 볼 수 없다. 상대에게 잘 보이려고, 좋은 평판을 받고 싶어서 하는 행동이라면 그것은 자신의 능력 이상으로 보이고 싶은 욕심 아닐까. 내 그릇이 70인데 100을 담으려고 하니 결국 몸이나 마음에 병을 얻게 된다. 그야말로 '미움받을 용기'가 필요한 이유다.

자신의 부탁을 들어주지 않았다고 나를 미워하거나 안 좋게 생각하는 사람이라면, 그 사람과의 관계를 굳이 계속 이어 갈 필요도 없다. 예전에는 친구가 많은 사람을 부러워한 적도 있었다. 성격이 좋아 보였고, 늘 주변에 웃음소리가 넘치니 사랑받는 사람처럼 보였다. 지금은 그런 것에 연연하지 않는다. 내 부족한 에너지를 빼앗아 가지 않는 사람도 있다. 오히려 함께하면 긍정의 기운이 솟는 사람들, 따로 부탁하지 않아도 서로에게 보탬이 되고 싶어 하는 관계도 있다.

　나 역시 상대에게 무리한 부탁을 하지 않는다. 내가 싫어하는 건 남들도 싫어하기 마련이다. 나의 기분과 체력을 해치면서까지 들어주어야 할 부탁은 없다고 생각한다. 그 사람이 나에게 실망할까 봐, 좋은 사람으로 보이고 싶어서 하는 일들만 내려놓아도 삶이 가벼워진다. 그보다 간단한 행복의 원리를 나는 알지 못한다.

4부

완벽주의자 말고
완성주의자

맨날 아픈 사람도 결혼할 수 있을까

이곳저곳 아픈 구석이 많은 나였지만 평범한 삶, 이를 테면 연애나 결혼을 못 하면 어쩌나 하는 걱정은 해 본 적 없었다. 당연히 나도 남들과 비슷하게 가정을 꾸리고 살겠거니 했다. 그 사건이 일어나기 전까지는 말이다.

친구 소개로 만난 J가 나에게 사귀고 싶다고 고백한 날, 가슴이 진정되지 않아 뜬눈으로 아침을 맞이했다. J는 모델처럼 훤칠한 키에 눈웃음이 매력적인 연하남이었다. 다정한 말투에 매너도 훌륭해서 어디에나 자랑하고 싶은 사람이었다.

애인에게 예뻐 보이고 싶은 마음은 다 똑같지 않을까.

일 때문에 밤을 새우고 얼굴에 아토피 각질이 잔뜩 올라온 날, 나는 데이트를 취소하려고 했다. 내가 봐도 흉하고 지저분한데 남자 친구에게 이런 모습을 보여 주고 싶지 않았다. 이런저런 핑계를 대도 자꾸만 물어보길래 솔직하게 사정을 털어놓았더니, 그는 따뜻한 말로 나를 위로했다.

"나는 학교 다닐 때 얼굴이 온통 여드름 범벅이었어. 근데 시간 지나니까 절로 낫더라. 그러니까 너무 걱정하지 말고. 내 눈에는 예쁘기만 하니까. 오늘 내 얼굴 보면 기분 좋아질걸?"

예상치 못한 어른스러운 다독임에 눈물이 핑 돌았다. 그래, 아픈 게 죄도 아니고 아토피가 있다는 걸 모르고 만난 사이도 아니니까. 내 모든 걸 이해해 주는 사람을 만난 것 같아 든든했다. 그의 말대로 함께 시간을 보낼 때면 우울했던 기분이 풀리니 몸도 더 건강해질 것 같았다.

사이 좋은 우리를 질투라도 하듯 내 몸은 갑자기 한 번씩 고장이 났다. 모처럼 날씨가 맑아서 놀러 가려고 만났는데 급성 위경련이 왔다. 나는 괜찮다고 박박 우겼지만 J는 응급실로 나를 데려다주고 옆을 지켰다. 아플 때마다 약과 죽을 사 들고 집 앞으로 찾아왔다. 1년을 만나면서 그 흔한 다툼 한 번 없었으니 드디어 운명의 상대를 만났다고 생각했다.

그런 우리에게 위기가 찾아왔다. J가 먼 지역으로 이사 가게 된 것이다. 장거리 연애를 해 본 적은 없었지만, 안정적인 관계에 특별히 문제가 생길 거라고는 상상하지 않았다. 그런데 이사 간 지 한 달 정도 지나자 그의 연락이 뜸해졌다. 종일 연락이 안 되는 날도 생겼다. 불안해진 나는 서운함을 토로했고, 그는 한숨을 내쉬며 바빴다는 말만 반복했다. 처음으로 크게 싸웠다.

"종일 연락도 안 되고 이게 무슨 연인이야? 이럴 거면 헤어지는 게 낫지." 격앙된 나는 마음에 없는 소리를 내뱉었는데, 놀라운 것은 그의 독수리 같이 잽싼 반응 속도였다. 기다렸다는 듯 청산유수로 이별을 고하는 말이 흘러나왔다. "그래, 네 마음이 그렇다면 그렇게 해. 그동안 잘해 줘서 고마웠고 우리 추억은 잊지 않을게." 그러더니 갑자기 30년 베테랑 연기자처럼 흐느끼는 것이 아닌가. 얼떨떨한 나는 '마지막으로 할 말이 있느냐'는 그의 사회자 같은 질문에 어이가 없어서 전화를 끊어 버렸다.

'내가 헤어지자는 말을 하길 기다렸구나. 저는 혼자서 이미 마음을 다 정리했네.' 나는 비겁하고 가증스러운 그에게 참기 힘든 배신감을 느꼈다. 내가 잘못한 게 있나. 사귀는 내내 그는 나에게 어떤 불평도 한 적 없었다. 단지 사는 곳이 멀어졌다는 이유로 한순간에 변심할까. 젊은 연인의 이별이란 모름지기 울며불며 붙었다가 헤어졌다가를 반복하다가 오만 정이 떨어지고 나서야 겨우겨우 남남이 되는 것 아닌가. 이렇게 단번에 헤어진다고?

생일 케이크 위 촛불이 꺼지듯 내 인생에서 중요했던 사람이 갑자기 사라져 버렸다. 나는 몸살이 심하게 났다. 남자가 아니라 인류에 신뢰를 잃은 기분이었다. 무엇보다 괴로운 점은 이유를 모른다는 것이었다. 사귀는 동안 특별한 갈등이 없었기에 그가 새로운 지역에서 다른 여자를 만났을 거란 의심이 들었다. 차라리 확인 사살을 하자는 심정으로 헤어진 지 한 달 만에 문자를 보냈다. 이별 이유를 솔직하게 알려 달라고. 그에게 답장이 왔다. 구구절절한 변명 뒤 내 눈에 들어온 구절은 이랬다.

"너는 나이도 있고 결혼할 사람 만나야 하니까 내가 놓아 주는 게 맞겠다고 생각했어. 솔직히 네 건강도 마음에 걸렸고⋯⋯."

마지막 문장을 여러 번 다시 읽었다. 내 건강을 늘 염려해 주고 병원에 함께 가고 약을 챙겨 주던 사람이 드디어 본색을 드러냈다. 결혼이 부담스러운 연상녀에 비실비실한 나의 건강 '스펙'이 마음에 걸린 모양이다. 배신감은 자책으로 이어졌다. 아파도 아프다고 말하면 안 됐다. 아토피가 심했을 때는 집에서 나가지 말고 꼭꼭 숨어 있어야 했다. 괜찮다는 말, 그래도 예쁘기만 하다는 말을 곧이곧대로 믿다니 나는 왜 이리 순진하고 멍청했을까.

어느 정도 진정되고 나니 한편으로는 그가 이해되기도 했다. 평생을 함께할 사람이 젊고 건강하길 바라는 것은 어쩌면 당연한 본능이다. 매일같이 몸 한구석이 아픈 사람과 굳이 함께하며 스스로 짐을 짊어지고 싶지는 않을 터. 물벼락을 맞은 것처럼 정신이 번쩍 들었다. 어쩌면 나는 앞으로 연애를 못 할지도 모르겠다. 나와 결혼까지 결심하는 상대가 영원히 나타나지 않을 수도 있겠다. 갑자기 눈앞이 컴컴해지는 것 같았다.

죽은 듯하던 나무에도 봄이 오면 새순이 돋듯, 다시는 사랑하지 못할 줄 알았던 나는 시간이 흘러 새로운 연애를 시작했다. 하지만 그 후의 연애는 순탄치 않았다. 나는 누군가를 온전히 믿지 못하는 사람으로 변해 있었다. 상대에 대한 애정이 너무 자라나지 않도록 단속했다. 나도 모르게 마음이 커지면 부러 찬물을 끼얹었다. 별것 아닌 일로 상대방을 의심하고 괴롭히기도 했다. 그렇게 나의 설익은 사랑은 꽃을 활짝 피워보지도 못하고 봉오리째 떨어지곤 했다.

그러던 어느 날, 절대로 연하는 만나지 않겠다는 스스로의 다짐을 기억상실증에 걸린 사람처럼 엎었다. 아뿔싸. 또 연하를 만나다니! 나는 그때보다 한층 더 늙었고 여전히 아토피로 피부가 거칠었으며 이유 없이 배와 머리가 자주 아팠다.

신경을 쓴다고 해도 남자 친구와 데이트를 하고 나면 나의 흔적이 남았다. 자동차 보조석 까만 시트 위에 허옇게 각질이 떨어진 것이다. 긁지 않아도, 조금만 움직여도 두피와 목덜미에서 떨어지는 각질까지 내가 조절할 수는 없는 노릇이었다. 차 문을 열고 민망해하며 좌석을 털어 내는 내게, 그는 자기 눈에는 '선영 부스러기'도 귀여우니 너무 신경 쓰지 말라고 익살을 부렸다. 나는 "집에 가서 나를 잊을까 봐 일부러 남겼다"라며 뻔뻔하게 굴었다. 둘 다 어이가 없어서 웃음이 터졌다.

그럼에도 "괜찮다" "예쁘다"라는 그 말들이 거짓일지 모른다고 순간순간 의심했다. 아프다는 말을 해도 괜찮을까, 눈치가 보였다. 연상인 내가 이제 막 취업한 그에게 부담이 될까 봐 결혼에는 관심 없는 척했다. 나같이 비실비실한 사람이 건강하고 앞날이 유망한 사람과 결혼까지 꿈꿔도 되는 걸까. 악몽이 반복될까 봐 불안했다. 하지만 그와 함께하는 시간이 쌓일수록 점점 있는 그대로의 내 모습을 보여 주어도 안전하다고 안심이 되었다. 우리는 자연스럽게 1년 후 결혼했다.

나를 있는 그대로 존중하는 짝을 만나다니 커다란 행운이었다. 그 행운이 달아나지 않도록 나는 스스로 마음가짐과 행동을 살폈다. 불안한 감정이나 부정적인 생각이 올라올 때면 그에게 솔직하게 털어놓았고, 그의 조언을 의심 없이 받아들였다. 내 불안과 의심은 실체 없는 유령임을 곧 깨달았다.

몸이 자주 아파도, 부족한 면이 있어도 나는 충분히 사랑받을 수 있는 존재였다. 몸은 물러도 마음은 단단하니까, 마음이 무른 것보다는 훨씬 낫다고 생각했다. 나의 부족함을 미워하지 않으며 그대로 받아들이고 돌보는 일을 포기하지 않았다. 그것은 쉬운 일이 아니었지만 아주 못할 바도 아니었다.

남의 시선보다
나의 편안함에 무게를 둔다

15년 동안 나는 망토처럼 등을 덮는 긴 머리 스타일을 고수했다. 가끔 변화를 주고 싶을 때 길이를 약간 다듬거나 파마를 하기도 했지만 짧은 머리를 한 적은 없었다. 나름의 이유는 있었다. 내가 중학생이던 1990년대 후반에는 학교에서 두발 규제가 심했다. 매일 아침 교문 앞에는 가위를 든 학생주임이 사찰 입구를 지키는 사천왕처럼 험악한 얼굴로 서 있었다. 조금이라도 머리가 길어 보이는 학생은 어김없이 붙잡아 자로 머리카락 길이를 재서, 귀밑 2센티미터가 넘으면 그 자리에서 싹둑 잘라 버렸다. 학생 인권 조례가 있는 지금은 상상조차 힘든 일이지만, 당시 교문 앞

길바닥에는 마치 미용실처럼 머리카락 뭉치들이 바람 부는 대로 데굴데굴 굴러다녔다.

나는 고등학교를 졸업하자마자 그동안의 한을 풀겠다는 듯 머리를 길렀다. 대학 응원단을 할 때는 실제로 '머리발'이 필요했다. 동작할 때 고개를 숙였다가 힘차게 뒤로 젖히면 샴푸 광고에서 보듯 긴 머리카락이 요란하게 뒤집히면서 박력이 더해졌으니까.

게다가 마음이 온통 꽃밭이던 20대였다. 포카리스웨트 광고 속 모델처럼 '샤라랄라' 한 긴 생머리를 찰랑거리면 내가 청순가련한 여성이 되고 인기가 많아질 것 같았다. 못생긴 얼굴에 머리까지 짧으면 큰일(?) 난다고 생각했다. 그때는 거울을 보면 왜 그렇게 못난 구석만 보이던지. 주름이 자글자글한 지금보다는 훨씬 싱그러웠을 텐데. 그때의 나에게 조금 미안해진다.

긴 머리의 불편함은 말해 뭐할까. 겨울에는 목도리에 버금갈 만큼 보온 효과가 톡톡한 반면, 여름에는 히터를 두르고 다니는 느낌이다. 긴 머리카락 사이에 열기가 갇혀 불쾌지수가 올라가고, 아토피가 있는 목과 쇄골이 땀으로 척척해지면서 가려웠다. 영하의 날씨에 늦잠을 자서 머리를 말리지 못한 채 출근할 때면 뒤통수에 멘소래담을 바른 듯

얼얼했으며, 머리카락이 고드름처럼 딱딱하게 굳기도 했다.

30대 중반, 중학생 때보다 더 짧은 단발을 결심한 계기는 다름 아닌 '요가'였다. 다운 독같이 엎드리거나 고개를 숙이는 동작을 하고 나면 긴 머리가 산발이 된다. 그렇다고 뒤로 묶으면 머리를 대고 눕는 자세나 머리 서기처럼 정수리를 매트에 대는 동작을 할 때 배겨서 방해된다. 그러면 요가를 멈추고 머리를 다시 묶어야 한다. 요가를 편안하게 하는 사람들을 가만 관찰해 보니 대개 묶을 필요 없는 짧은 머리였다. 굉장한 비밀을 발견한 기분이었다. 요가 수련에 걸리적거리는 머리카락을, 15년 동안 달고 산 액세서리를 과감하게 떼어 내기로 결심했다.

단골 미용실 원장님께 쇼트커트로 잘라 달라고 하니 무슨 일이 있냐며 걱정스러워했다. 몇 번씩이나 되물으며 '정말 괜찮겠냐'는 듯한 표정을 지었다. 재차 확답을 받고서야 원장님은 나보다 더 결의에 찬 표정으로 내 머리를 하나로 묶었다. 스포츠머리로 밀 때 쓰는 바리캉을 꺼내 들더니 노랑 고무줄로 동여맨 윗부분을 쓱쓱 몇 번 문질렀다. 머리 뭉치가 도마뱀 꼬리처럼 뒤통수에서 똑 떨어졌다. 잘라 낸 머리 뭉치는, 개량 한복 차림에 수염이 긴 예인이 쓸

법한 붓같이 보였다.

　나의 신체 일부와 헤어진 소회는 시원섭섭했다. 이깟 머리가 뭐라고 그동안 자르지 못했을까. 정원 회양목을 다듬듯 미용사의 현란한 가위질이 지나가자 동그랗고 말쑥한 단발머리가 완성됐다. 생각보다 나에게 잘 어울렸다. 10년 동안 내 머리를 만진 그도 인사치레인지 모르겠지만 "짧은 머리가 더 잘 어울리는데요" 하며 흐뭇해했다.

　거울에 비친 단발머리 김선영은 중학생 때 모습과는 확연히 달랐다. 어딘지 자신감이 넘쳐 보이고 전문가다운 분위기가 풍겼다. 치렁치렁한 것보다 깔끔하고 단정한 느낌이 작가와 강사 일을 병행하는 나에게 더 잘 맞겠다는 생각도 들었다. 물론, 요가를 할 때도 걸리적거리는 일 없이 집중하니 더없이 만족스러웠다.

　머리를 짧게 자르고 며칠 후에는 분하기까지 했는데, '이렇게 편한 것을 지금껏 모르고 살았다니' 하는 억울함이 들어서다. 머리를 감고 말리는 데 걸리는 시간이 반 이상 줄었다. 그동안 물에 젖어 미역 같은 긴 머리를 바싹 말리려면 30분은 족히 걸렸다. 한 손으로는 머리카락을 들어 올려 풀어 주면서 다른 손으로는 드라이어를 계속 흔들어 대야 하니 팔도 아팠다. 그때는 머리 감는 일이 매일 치러야 하는 '과업'처럼 느껴졌는데 단발이 되자 칫솔질하듯 가벼운 루틴이 됐다. 5분이면 끝나는 간편함! 머리카락을 잘랐을 뿐인데 오랫동안 날 억누르던 무언가에서 해방된 듯 후련했다.

긴 머리로 아토피 흉터가 있는 목을 가리지 않아도, 긴 얼굴형을 커버하지 않아도 그런대로 괜찮았다. 머리로 얼굴을 가려야 할 만큼 못생겼단 생각도 더 이상 들지 않았다. 그동안 나에게 어떤 변화가 생긴 걸까.

어느 날은 건조기에서 갓 나온, 남편의 따끈따끈한 트렁크 팬티를 개키다가 피식 웃음이 나왔다. 언제부터 이런 아빠 팬티를 입었지? 줄곧 몸에 밀착되는 드로어즈를 입다가 어느새 아재 취향으로 갈아탄 남편이 귀여우면서도 그 탁월한 선택에 공감이 갔다. 5년 전, 발사할 듯한 뽕이 들어간 와이어 브라를 죄다 갖다 버린 일이 떠오른 것이다.

브래지어를 처음 착용한 게 중학생 때쯤이었나. 특히 성인이 된 뒤로는 뽕은 물론이요, 가슴 아랫부분을 받쳐 주는 U자형 철심이 들어간 와이어 브라를 줄기차게 착용했다. 당연한 줄 알았다. 시중에 파는 브래지어 대부분에 와이어가 들어 있었고, 그것이 가슴 모양을 업(!) 시켜서 여성스러움을 돋보이게 한다니 갑갑하고 짜증이 나도 참아야 하는 줄 알았다.

30대가 되어서야 와이어와 후크가 없는 '브라렛'의 존재를 알았다. 브라렛은 와이어가 명치를 찌르는 일이 없고 갈비뼈를 갑갑하게 조이지 않아 소화도 더 잘되는 것 같았다. 여름에 땀이 차서 두드러기가 나는 일도 사라졌다. 그렇게 브라렛을 한 장씩 들이다 보니, 서랍장 속에 수북한 와이어 뽕 브라에는 1년 넘도록 손도 대지 않았다. 사용하지 않으니 모두 폐기 처분했다.

남의 시선이 아닌 나의 편안함을 기준으로 외모를 가꾸고 돌보는 시대다. 한때는 패드가 들어간 속옷으로 빈약한 가슴을 보완할 수 있어 다행이라 여기기도 했다. 지금은 아니다. 긴 머리나 볼륨 있는 가슴이 아니어도 괜찮다. 내 모습 그대로가 가장 나답고 멋지다는 걸 안다. 그렇지 않으리라 믿지만, 혹시나 나와 함께 사는 사람은 아쉬울지도 모르겠다. 만약 그렇다면, 나도 아쉬운 점이 전혀 없지는 않다고 말해 두겠다.

나를 편안하게 하는 습관

사진 보정 안 하기

예전에는 SNS에 예쁜 모습만 올려야 한다는 강박이 있었다. 붉은 얼굴에 하얗게 필터를 씌우고 눈 크기를 미세하게 키우는 등 보정을 하기도 했다. 어느 순간 그런 내 모습이 안쓰럽다는 생각이 들었다. 무엇보다 사람들은 내 피부색이나 눈 크기 따위에 별로 관심이 없다. 나답고 자연스러운 모습을 기록하기로 했다.

편한 신발

발이 편해야 몸이 편하고, 몸이 편하면 마음이 편하다. 강의나 특별한 일이 없는 한, 나는 늘 같은 신발을 신는다. 봄, 가을에는 가벼운 운동화, 여름에는 발가락이 자유로운 조리, 겨울에는 어그 부츠. 싸구려 구두나 샌들은 사지 않는다. 나에게 잘 맞는 수제화를 사서 굽을 갈아 가며 여러 해 신는다. 신발의 본질은 발을 보호하고 걷기 편하게 해 주는 것. 디자인은 다음 문제다.

돈 주고도 살 수 없는 품격

결혼식처럼 차려입는 자리에 갈 때마다 꺼내 드는 조그마한 펜디 백이 있다. 결혼할 때 시어머니가 사 주신 선물로, 내가 가진 유일한 명품 가방이다. 30대 후반이 넘어가니 결혼식도 잘 없어서 그나마도 들 일이 없다. 내 나이쯤 되면 명품 가방을 종류별로 몇 개씩 갖고 있는 이도 흔하지만 나는 큰 흥미가 없다. 가방뿐만 아니라 옷 가짓수도 적은 편이다. 악착같이 아껴 쓰는 부모 밑에서 보고 배운 습관도 있지만, 성인이 된 후에 내 소비관에 영향을 준 사람이 있다.

방송 작가로 일할 때였다. 한 교양 프로그램 팀에 막내

겸 서브 작가로 들어가서 나보다 열 살 위 메인 작가와 함께 일하게 됐다. 그분은 내가 그동안 만났던 메인 작가들과는 풍기는 분위기나 행동이 달랐다. 허세나 권위 의식이 없다고 할까. 화통하게 잘 웃었으며 옷차림은 늘 소박하고 털털했다. 막내인 나는 매주 커다란 전지에 출연자가 볼 프롬프트 원고를 써야 했는데, 자신도 돕겠다며 직접 매직펜을 들고 나섰다. 처음에는 당황스러워서 쩔쩔맸지만 나중에는 자연스럽게 전지 두 장을 펼쳐 놓고 수다를 나누며 함께 프롬프터를 작성했다.

그전까지 내가 본 메인 작가들은 아무리 교양 프로그램 작가라 해도(예능 작가들은 확실히 화려하다) 명품 가방 하나씩은 들고 다녔다. 본사에 들어가거나 유명인을 섭외하는 등 이미지 관리에 신경 써야 할 일이 많아서였을 것이다. 당시 명품을 들 능력도, 멋이 무엇인지도 잘 몰랐던 나는 그런 선배들이 그저 세련돼 보이고 부러웠다. 나도 메인 작가가 되면 당연히 그런 가방을 들고 다니겠지, 흐뭇한 미래를 상상하며.

그 선배는 달랐다. 서너 벌의 옷을 돌려 입는 듯했고 흐물거리는 싸구려 합성섬유 재질의 가방을 매일같이 들고 다녔다. 시커멓게 때가 탄 아이보리색 가방에는 아이가 볼펜으로 낙서한 흔적까지 그대로 남아 있었다. 그 가방에 특별한 사연이라도 있는 걸까. 함께 일한 지 몇 개월이 지나 속마음을 편히 터놓는 사이가 되면서 궁금했던 점을 물었다.

"그 가방만 메시던데. 아끼는 가방인가 봐요."

"아, 나 가방이 이거밖에 없어서. 물건을 잘 안 사거든."

아차, 싶었다. 메인 작가라고 전부 돈이 많은 건 아닐 텐데. 집안마다 사정이 있고 아이를 키우려면 맞벌이해도 살림이 빠듯하다고 들었다. 아이 물건은 거침없이 사도 내 물건 살 때는 고민하고 또 고민한다는 선배들의 이야기가 뒤늦게 떠올랐다. 내 철없는 질문에 혹시나 무안하진 않았을까, 자책감이 들려는 순간 선배는 의외의 말을 이었다.

"나는 집에 물건이 쌓이는 게 싫더라고. 내가 죽으면 내가 쓰던 물건들은 백 년이 지나도 썩지도 않고 계속 남아 있을 거 아냐. 가방은 하나만 있어도 되니까. 지구에 내가 산 흔적을 많이 남기고 싶지 않아."

머릿속에 전구 하나가 반짝 켜지는 듯했다. 살면서 한 번도 생각해 보지 않은 관점이었다. 옷과 가방은 많으면 많을수록 좋은 줄 알았다. 나의 사후까지 고려해서 물건을 산 적은 없었다. 그러고 보니 내가 세상을 떠나면 내가 쓰던 수많은 물건은 모두 어디로 가는 걸까.

옷장을 가득 채운 계절별 입지 않는 옷들, 신발장 안의 운동화와 구두, 싱크대를 가득 채운 그릇과 책상 위를 장식한 자질구레한 소품들까지 모두 짐처럼 느껴졌다. 그걸 다 누가 치울까. 나는 자식도 없는데. 가만, 치운다고 치워지나. 일부는 불태워지면서 대기오염이나 시키겠지. 땅에 묻은 물건은 화학 성분이 침출되어 토양을 오염시킬 테고. 환경이 오염되면 그 피해는 고스란히 인간에게 돌아올 텐데, 누군가에게는 아토피나 난임을 일으켜 나처럼 고생하게 만들겠지. 아니, 그때쯤이면 의학 기술이 발달해 모두 해결되려나. 꼬리에 꼬리를 무는 질문은 소비와 환경의 관계처럼 돌고 돌았다. 세상에 좋은 영향을 남기지는 못할망정 해를 끼치는 사람은 되고 싶지 않았다.

선배를 만난 뒤 나는 물건을 소유하는 가치관을 바꾸었다. 여전히 예쁜 물건을 보면 마음이 팔랑거리고 트렌디한 옷차림의 사람들을 부러움과 동경의 눈으로 바라볼 때도 있지만, 그것을 내가 꼭 소유해야겠단 욕심은 잘 들지 않는다. 무언가를 소유하는 기쁨은 잠시뿐, 그리 길지 않다는 진리를 깨달았기 때문이다.

정말 오래가는 것은 품위 있는 행동이다. 자신보다 나이가 어리거나 직급이 낮다고 무시하지 않고, 궂은일은 먼저 나서서 도맡으려 하고, 알코올 냄새가 역하게 풍기는 매직펜으로 전지에 직접 프롬프트를 써 내려가던 선배의 태도. 남의 시선을 의식하기보다 미래 세대를 걱정하는 실천 같은 것들 말이다. 그것은 돈이 많다고 할 수 있는 행동이 아니다.

현대판 '소로'처럼 보이던 선배. 새 물건을 사려고 할 때면 종종 그 선배가 떠오른다. 그리고 나에게 꼭 필요한 물건인지 한 번 더 고민하게 된다. 선배는 여전히 '쿨하게' 살고 계시려나. 지금도 그 가방을 메고 다니는지 궁금하다.

함께 있으면 편안한 사람

결혼이란 혼자가 둘이 되는 일인 줄 알았다. 살아 보니 1+1이 아니라 새로운 가족이 덤으로 생기는 일이다. 시가는 여러모로 나의 친정과 달랐다. 처음에는 그 다름이 낯설고 불편하기도 했는데 시간이 갈수록 배우는 점이 많았다. 좁은 시야를 넓히는 계기가 됐다.

여행지에서 우연히 만난 남편과 혼인까지 한 것은 둘 다 모험을 즐기다 보니 생긴 낭만적 우연이다. 하지만 여행을 좋아하는 배경은 서로 달랐다. 서울에서 맞벌이하는 부모 밑에서 자란 나는 어릴 적 형편이 팍팍했고 가족과 여행을 다닌 기억이 거의 없다. 반면 지방에 살던 남편은 어릴 적 주말마다 운전하는 아버지 옆에서 대한민국 전도를 펼쳐 보며 자동차 여행을 다녔다. 나는 어른이 된 후 그동안 못 해 본 경험에 목이 말라 여행을 탐닉했다면, 남편은 유년 시절부터 몸에 역마의 기운이 새겨진 사람이다.

코로나19가 터지기 몇 해 전, 여행을 즐기는 시가 식구들과 일본 오키나와에 갔다. 싱싱한 해산물도 먹고 스노클링도 즐기다 보니 어느새 한국으로 돌아가야 하는 날이 왔다. 공항에 가기 전에 시간이 조금 남아 기념품을 살 겸 시내의 대형 잡화점에 들렀다. 이것저것 구경을 하던 중 시누가 무언가 떠오른 듯 다급하게 외쳤다. "아 맞다! 건전지 사야 하는데." 시계에 들어가는 납작한 전지를 이곳에서 사면 한국보다 훨씬 저렴하다고 했다. 하지만 언어도 통하지 않는 3층짜리 광활한 잡화점 안에서 손톱만 한 건전지를 찾는 일은 수월해 보이지 않았다. 나는 얼마 남지 않은 소중한 시간을 건전지 찾는 데 쓰는 게 아깝게 느껴졌다.

반면 시가 식구들의 행동은 예상 밖이었다. "그래? 그럼 당신은 3층, 너는 2층, 우리는 1층에서 찾아보자고." 시어머니의 지휘에 사이버지, 시누, 우리 부부는 일사분란하게 흩어졌다. 넓은 가게 안을 각자 구석구석 다니며 건전지 코너를 찾아 헤맸고 결국 원하던 것을 손에 넣었다. 그 상황이 처음에는 황당하기만 했는데 곱씹을수록 은근한 감동이 밀려왔다. 가족 중 누구 하나가 무언가를 원하면 합리적 이유나 효율을 따져 묻지 않고 다 함께 두 팔 걷어붙이고 나서는 분위기가 화목하게 느껴졌다.

그런 '아묻따 정신'은 같이 사는 동안 남편에게서도 종종 발견했다. 아토피 때문에 음식 관리를 철저하게 해야 하는데도 나는 한번씩 걷잡을 수 없는 식탐이 올라올 때가 있다. 밤 10시에 갑자기 매콤달콤한 양념 치킨이 머릿속에 둥둥 떠다니는 것이다. 슬쩍 눈치를 보며 남편을 떠본다. "근데 말이야, 양념 치킨 먹고 싶지 않아?" 잔소리 폭격을 맞을 각오를 하고 어떻게 설득할지 머리를 굴리고 있는데, 그는 바로 "어느 브랜드로 시켜 줄까?" 물으며 배달 앱을 연다. 부처님 같은 미소로 할인 쿠폰을 검색하는 그를 보고 의아했다.

만약 반대의 상황이라면 나는 분명히 잔소리를 했을 테니까. "먹고 밤새 벅벅 긁으려고 그러지! 왜 몸에 나쁜 걸 알면서 참지를 못하니!" 하고 호통을 쳤을 테다. 혹시 남편이 나를 아끼지 않는 것인가? 말도 안 되는 억지도 부려 본다. "왜 안 말려? 지금 먹으면 피부에도 안 좋고 살찌는데. 내 몸 아니니 상관없다는 거야?" 그러면 남편은 "자기가 먹고 싶어 하니까 그렇지" 하며 허허 웃는다. 나는 갑자기 식욕이 싹 사라지면서 미안한 마음이 들었다.

그동안 나는 사랑이라는 명목하에 상대를 내 뜻대로 옭아매려 한 게 아닐까? 사랑하는 사람이 건강에 안 좋은 음식을 몸속에 집어넣는 것을 보면 마음이 불편했다. '저렇게 하는 건 스스로를 망치는 행위야.' 내 멋대로 단정하고 상대의 행동을 바로잡으려 했다. 하지만 그게 정말 상대를 위하는 것이었을까. 혹시 그 모습을 보는 내가 괴로워서 그랬던 건 아닐까.

그의 사랑은 상대가 원하는 것을 따지지 않고 들어주는 것이었다. 시누가 구하는 건전지를 찾아 대형 잡화점에서 사방팔방 뛰어다니던 시가 식구들처럼, 자신의 잣대로 섣불리 평가하지 않고 상대방의 마음을 헤아려 편안하게 맞춰 주는 것. 그 사랑은 내가 하는 사랑보다 훨씬 차원이 높게 느껴졌다.

오랫동안 합리적, 효율적으로 행동하는 것이 최고라고 여겼다. 옳고 그름, 현명하고 어리석음을 내 기준으로 판단하고 나누었다. 그래서 나는 살면서 불편한 것들이 많았다. 겉으로 드러나지 않는 속사정을 살피기보다 '사람이라면 절대 그러면 안 되지'라고 속단했다. 그런 삶은 당연히 여유가 없었다. 꼭 이치를 따지지 않아도 되고, 때로는 조건 없는 지지도 필요하다는 것을 어른이 되어서도 한참 후에 알았다.

어차피 타인을 내 마음대로 하는 것은 불가능하다. 내 몸과 마음도 의지대로 움직이기 힘든데 누가 누굴 통제한다는 것인가. 설령 상대가 내 뜻대로 행동하더라도 억지로 했다면 껍데기뿐이니, 그 역시 내가 원하는 바가 아니다.

인생이 괴로운 이유에는 대부분 관계가 얽혀 있다. 타인이 내 기대대로 움직이지 않는다고 화내거나 서운해한다. 판단을 내려놓으니 마음이 편했다. 여유로워졌다. 싫어하던 것이 제법 괜찮아지기도 했다. 복잡하게 따지지 않고 '넌 그렇구나' 인정하며 내가 아끼는 사람을 편안하게 해 주는 일. 그동안 왜 하지 못했는지 못내 애석한 마음이 든다.

다음 걸음으로 나아가게 하는 한마디

할 때는 힘들어도 하고 나면 뿌듯한 게 운동 아니던가. 그런데 할 때마다 기분이 울적해지는 운동이 있었으니, 나에겐 필라테스가 그랬다.

필라테스를 배우려고 한 이유는 복강경 수술을 한 뒤로 부쩍 복부 근력이 약해진 느낌이 들어서다. 배꼽을 통해 수술해서인지 그 주변이 딱딱하게 뭉치고 유연성도 떨어졌다. 필라테스는 재활 운동이고 코어 근육을 키우는 데 도움이 된다고 들었다. 나는 자세가 구부정하다는 소리를 자주 들었기 때문에, 체형 교정에 좋다는 필라테스에 평소 관심이 있었다.

문제는 비용이었다. 60분 일대일 레슨에 6만 원이 넘어가니 부담스러웠다. 효과를 보려면 한두 번 해서는 안 될텐데. 하지만 고된 수술을 받고 후유증을 겪다 보니 돈이 아까워 건강에 투자를 미루는 일은 미련하다는 생각이 들었다. 마침 동네에 필라테스를 하는 곳이 여럿 생겼다. 시설과 강사진 등을 꼼꼼하게 비교해 가장 신뢰가 가는 곳에 등록했다.

그러고 보니 운동을 꽤 해 봤지만 일대일 레슨을 제대로 받기는 처음이었다. 전문가에게 체계적인 지도를 받는다는 기대에 부풀었다. 필라테스 스튜디오 안은 번쩍번쩍 빛났다. 하얗고 깔끔한 인테리어에 사진으로만 보던 필라테스 기구들이 단정하게 놓여 있었다. 늘씬한 몸매의 인플루언서들이 꼭 저런 기구에 매달려 사진을 찍어서 올리곤 했다. '매달리기라면 나도 어디 가서 빠지지 않지.' 그동안 인스타그램에서 봤던 요염한 포즈를 내 모습과 겹쳐 보았다.

하지만 수업은 예상과 다르게 흘러갔다. 첫날에는 호흡법을 배우고 몸의 중립을 찾다가 60분 수업이 끝났다. 가만히 서서 갈비뼈를 열고 닫는 흉곽 호흡을 연습했다. 등뼈를 곧게 세우고, 앞으로 기울어진 골반을 중립 상태로 놓기 위해 의식적으로 꼬리뼈를 말아 넣었다. 나는 평소 오리 궁둥이처럼 엉덩이를 쭉 빼고 걷는 습관이 있었는데 알고 보니 골반이 기울어진 탓이었다. 강사님은 골반이 뒤로 빠지면 허리에 무게가 실리고 통증을 자주 느낄 수밖에 없다고 말했다.

내 몸에는 그 외에도 문제점이 많았다. 서 있을 때는 무릎을 뒤로 지나치게 미는 습관이 있고, 걸을 때마다 어깨를 심하게 흔들며 팔을 덜렁덜렁한다고도 했다. 제자리걸음을 하는 내 모습을 거울로 보니 정말 그런 것 같았다. 나는 최선을 다해 걸음걸이를 고치려고 노력했다.

하지만 머릿속에 너무 많은 정보를 한꺼번에 집어넣으니 과부하가 걸렸다. 몸과 마음이 싸운 것처럼 따로 움직였다. 골반을 신경 쓰면 호흡이 흐트러지고 호흡을 신경 쓰면 어깨에 힘이 들어갔다. 어깨에 힘을 풀면 자세는 다시 구부정해지고, 이를 의식해서 복부에 힘을 줘서 몸을 세우면 무릎이 뒤로 빠지는 식이었다. 그럴 때마다 강사님은 "꼬리뼈 말고! 가슴 너무 내밀지 말고! 어깨에 힘 빼세요!" 하나하나 지적하며 내 자세를 교정해 줬다.

자세가 나아지지 않으니 다음 회차에서도 기본 동작만 훈련했다. 그다음 회차도 마찬가지였다. 제자리걸음, 짐볼에 앉아서 균형잡기, 박스 위 오르내리기만 반복했다. 단순

한 동작을 끝없이 되풀이하는 훈련은 지루하기만 했다. 게다가 계속해서 지적을 당하니 점점 의기소침해졌다. 나는 왜 이렇게 말귀를 못 알아먹지? 이 간단한 걸 왜 못하는 거지? 결국 자책으로 이어졌다. 주인의 의지대로 움직여지지 않는 몸이 한심했다.

　머릿속에서 계산기도 돌아갔다. 개인 레슨 3회면 벌써 18만 원인데 내가 고작 제자리걸음만 하자고 여기 온 건가. 내 기준에 부담스러운 비용이 떠오르면서 짜증이 났다. "저는 기구를 언제 만져 보나요?"라는 질문에 강사님은 어린아이 달래는 듯한 표정을 지었다. 내 상태로는 기구를 사용하는 게 오히려 독이 될 거라는 슬픈 대답이 돌아왔다. 이해한다. 기본이 안 된 상태에서 다음 단계로 넘어가는 게 올바른 방법이 아니라는 것을. 하지만 어쩌면, 마음처럼 움직여지지 않는 몸이 기구의 도움을 받으면 좀 나아지지 않을까, 하는 미련도 들었다.

　나는 계속 똑같이 하는 것 같은데 어느 때는 잘했다고 하고 어느 때는 부족하다고 하니 혼란스러웠다. '맞는 동작'을 찾아가는 일은, 한 치의 오차도 허용되지 않는 인체 모형 틀 속에 내 몸을 억지로 끼워 넣는 것 같았다. 머리로는 알지만 쉽사리 고쳐지지 않는 동작을 연거푸 지적받으니 가슴이 갑갑했다. 일대일 레슨을 받고 집으로 돌아가는 길, 나는 몸보다 마음이 더 지쳐 있었다.

　한편으로는 나 자신을 거울에 비추는 계기가 됐다. 글쓰기 코칭을 할 때 수강생에게 조금이라도 더 도움을 주려고 '고쳐야 할 점' 위주로 피드백했던 내 모습이 떠오른 것이다. 잘한다는 말은 내가 아니어도 주변에서 많이 해 줄 테니까, 돈 내고 수업을 듣는 사람에게는 실질적인 도움을 주는 것이 더 중요하다고 생각했다. 아마 필라테스 강사 역시 그런 마음 아니었을까. 하나라도 더 제대로 알려 주고 싶었을 것이다. 하지만 막상 배우는 입장이 되고 보니 그게 전부가 아니었다. '지금도 잘하고 있다'는 인정의 한마디가 다음 걸음으로 나아가게 하는 원동력이 된다는 걸 잊고 있었다.

　그러고 보면 내가 계속 책을 쓰는 사람으로 사는 것 역시 인정의 한마디 덕분이다. 나는 불과 4년 전까지만 해도 방송 대본을 쓰던 사람이지, 책을 쓰는 저자가 아니었다. 글쓰기는 다 비슷한 것 아니냐고 반문할 수 있겠지만, 매체도 다를뿐더러 누군가 정해 준 주제가 아닌 내 이야기를 쓰는 것은 거의 새로운 일처럼 느껴졌다. 나는 책을 쓸 때면 항상 '이렇게 쓰는 게 맞는 건가' '혹시 다들 아는 얘기 아닐까' '지루하고 재미없으면 어쩌지' 하는 걱정에 휩싸였다.

원고 마감 날짜가 다가오면 나와 함께 바빠지는 사람이 남편이다. 걱정을 떠밀듯 원고를 모두 출력해서 남편에게 갖다 준다. 책의 첫 독자인 셈이다. 내가 그에게 초고와 다름없는 부끄러운 글을 보여 주는 이유는 단 하나. 출판사에 넘기기 전에 '괜찮다'는 한마디를 들어야 하기 때문이다. 세부적인 평가를 꼬치꼬치 캐묻는 것은 나중 일이다. 우선 "괜찮은데?" "재밌는데?" 한마디면 충분하다. 별것아닌 것 같아도 이 한마디에 가슴을 짓누르던 바윗덩어리 하나가 치워진 것처럼 마음이 가벼워진다.

특히 처음은 항상 서투르기 마련이다. 그래서 더더욱 타인의 인정이 고픈지 모르겠다. 마치 초보 운전자가 이미 아는 길을 갈 때도 내비게이션을 켜 놓고 '잘 가고 있음'을 확인하려는 것과 같다.

나의 필라테스 도전기는 결국 어떻게 됐을까? 개인 레슨 열두 번 중 두 번 정도만 기구를 만져 볼 수 있었다. 기본 자세를 잡는 것만 주야장천 배우다가 레슨 기간이 끝나 버린 것이다. 그 후로 그룹 레슨을 몇 개월 더 이어 갔지만 오래가지 못했다. 필라테스가 구부정한 체형을 교정하고 근력을 기르는 데 탁월한 운동이라는 점은 느꼈지만 계속하고 싶을 만큼 재미는 없었다.

나에게 잘 맞는 운동이 있는 것처럼 안 맞는 운동도 있는 모양이다. 결국 다시 요가로 돌아갔지만, 고가의 필라테스 레슨비가 아깝진 않았다. 서툴러도, 완벽하지 않아도 '괜찮다' '잘하고 있다'는 응원이 누구에게나 필요하다는 것을 배웠기에.

행복할 수밖에 없는 운명

월경주기가 짧은 편이긴 해도 늘 일정했다. 두 달 동안 월경을 안 하자 몸에 문제가 생긴 게 아닐까 걱정이 됐다. 임신을 전혀 의심하지 않은 이유는 치질 수술을 한 지 얼마 안 되어서 그럴 일(?)이 없었기 때문이다. 엄마와 오랜만에 통화하며 시시콜콜한 이야기를 나누던 중이었다.

"엄마, 나 이상하게 두 달째 생리를 안 한다?"

"어머, 혹시 아기 생긴 거 아니야?"

"무슨 소리야. 내가 자웅동체도 아니고 혼자 임신을 어떻게 해?"

"그래도 검사해 봐! 혹시 모르잖아."

혹시 모른다고? 엄마의 간절한 마음은 알겠지만 어이가 없어서 실소가 터졌다. 내가 수술 후 회복하느라 부부 관계가 없다고 말했는데도 엄마는 막무가내였다. 그동안 내색은 안 했지만 내심 손주를 기다린 모양이다. 일찍 결혼한 동생네 부부가 손주를 셋이나 안겨 드렸는데도 더 바랄 만큼 손주가 그리 좋을까.

아이를 은근히 기다리는 엄마는 한 분 더 계시다. 시어머니도 우리 부부에게 아이를 가지라는 잔소리는 안 하신다. 그게 마음대로 되는 일도 아니고 부담을 줄까 봐 그렇겠지. 그런데 가끔은 희한한 꿈을 꾸셨다며, 혹시 태몽이 아닐까 싶다고 넌지시 임신 여부를 물어보셨다. 그러면 나는 본의 아니게 실망을 드리기도 했다.

솔직히 아기를 기다리기는 나도 마찬가지였다. 신혼 생활을 3년 정도 즐겼을 무렵, 우리 부부도 슬슬 아기를 가질 준비를 했다. '둘이서 알콩달콩 잘 지내는데 아이가 꼭 필요할까' '내 몸 하나 건사하기도 버거운데 육아를 해낼 수 있을까' 하는 생각도 들었지만 나이가 주는 무게가 있었다. 어리지 않은 나이에 결혼했으니 더 늦어지면 나중에 낳고 싶어도 못 낳는다는 조바심이 든 것이다. 피임만 안 하면 금방 생길 줄 알았던 아이는 1년 넘도록 소식이 없었고,

우리는 원인이라도 알아보자며 난임 병원을 찾았다. 혹시나 우리가 '아이가 생기지 않는 몸'일 수도 있으니까. 그러면 걱정할 이유도 사라진다.

태어나 처음으로 인터넷에 '난임 검사'라는 키워드로 검색을 했다. 새로운 세계로 들어가는 장막을 여는 기분이었다. 인공수정이니 시험관이니 냉동 난자니, 생소한 용어들이 튀어 올랐다. 여성은 호르몬 검사와 함께 '나팔관 조영술'이 필수라는 글을 읽었다. 나팔관은 난소와 자궁을 연결하는 부위인데, 여기가 막혀 있으면 임신이 어렵다고 한다. 그래서 나팔관에 조영제를 투입해 폐쇄 여부를 확인하는 시술이다. '나팔관 조영술 지옥문'이라는 자동 검색어가떴다. 그렇게 아픈가.

얼마 전 나와 비슷한 고민으로 난임 검사를 했다는 친구에게 전화를 걸어 후기를 물었다. 친구의 말은 듣기만 해도 소름이 끼쳤다. "누가 내 자궁을 불태우는 줄 알았다니까. 살면서 그런 고통은 처음이었어." 친구는 진통제를 먹고 갔는데도 아무 소용이 없더라며 겁을 주었다. 나는 이상한 오기가 발동했다. '진통제가 소용없다면 굳이 먹을 필요 없지' 하며 세상에서 가장 어리석은 오만을 부린 것이다. 5분 정도 걸린다기에 버틸 만할 줄 알았다. 어떤 5분은 다섯 시간만큼 길게 느껴지기도 하는 '시간의 상대성'을 간과한 것이다. 검사를 마친 내 소감은, 친구의 말 그대로였다.

다행히 우리 부부는 아이를 낳지 못할 몸은 아니란다. 하지만 나이가 있으니 시험관 시술도 고려하라고 했다. 의사의 말이 도통 귀에 들어오지 않았다. 검사 후유증으로 아랫배가 너무 아팠기 때문이다. 맵디매운 고통의 여운은 두 시간 동안이나 지속됐다.

나는 다시 '나팔관 조영술 vs 출산의 고통'을 검색했다. 나팔관 검사는 출산에 비하면 껌이라는 의견이 지배적이었다. 이보다 더한 고통이 존재한다고? 아이를 낳고 싶은 마음이 쏙 들어가 버렸다. 시험관 시술을 하려면 병원을 수시로 들락거리고 스스로 배에 주사도 놓아야 한다고 했다. 힘겨운 여정이 눈앞에 그려졌다. 엄마가 되겠다는 의욕이 점점 쪼그라들었다.

그러고 1년 뒤쯤 나는 자궁내막증 수술을 받았고, 다시 임신을 기대했다. 수술 후에는 수정을 방해하는 난소 주변의 혹들이 제거되어 임신이 잘 된다는 말이 있었다. 하지만 수술 후 3년이 지난 지금까지 아기는 찾아오지 않고 있다. 내 나이 마흔, 점점 포기하는 쪽으로 기울었다. 시험관 시술할 용기는 여전히 없다. 그러니까 나는 아이를 원하지만 내 몸을 희생할 만큼, 내 건강을 포기해도 좋을 만큼 간절하게 원하지는 않는 것 같다.

사실 나는 아이를 기다리면서도 아이가 진짜로 오면 어찌해야 할지 두렵다. 가뜩이나 부실한 내가 체력 소모가 큰 육아를 감당할 수 있을지. "엄마가 되면 다 하게 되어 있다"라는 주변 사람들의 말은 더욱 공포스럽다. "방송은 어떻게든 나가게 되어 있다"라는 명언(?)이 떠올라서다. 그 시절, 안 되는 것을 어떻게든 되게 만들려고 인간의 기본 욕구인 식사와 수면도 포기한 채 자료를 찾고 출연자를 섭외하느라 용을 썼다. 그러는 동안 내 몸과 마음은 얼마나 망가졌던가. 또, '엄마가 되면 다 한다'는 그 말 때문에 '나는 왜 내 감정 하나 통제하지 못하고 사랑하는 아이에게 화를 냈을까' 하며 자책하는 엄마들을 주변에서 얼마나 많이 보았던가.

그럼에도 어느 날 문득 나와 짝꿍을 반반씩 닮은 아기가 찾아온다면 무척 반가울 것 같다. 무럭무럭 커 가는 아이를 보며 자주 감탄하고 감동하겠지. 때로는 자유롭던 시절을 그리워하고 후회하는 날도 있겠지만 말이다. 그렇다고 아이가 없는 지금의 생활에 불만이 있지도 않다. 다정하고 대화가 잘 통하며 여행을 좋아하는 남편과 둘이서 40년을 더 살아도 질리지 않을 것 같다. 우리는 서로의 꿈을 응원하고 더 넓은 세계를 함께 누비며 멋지게 늙어갈 테니까. 그러고 보니 아이가 생겨도 좋고, 아이가 생기지 않아도 좋다. 이런, 나는 행복한 삶을 살 수밖에 없는 운명이다.

비단 아이를 낳고 키우는 일만이 아니다. 내 계획대로 되지 않는 일은 부지기수다. 마음처럼 안 된다고 마냥 억울해하고 슬픔에 빠져 있을 수는 없다. 그 시간에도 삶은 계속 흘러가니까. 때로 인생의 갈림길을 만나면, 물이 높은 곳에서 낮은 곳으로 흐르듯 자연스러운 흐름에 맡겨도 괜찮은 것 같다. 마음이 편한 길로, 되면 되는 대로 안 되면 또 안 되는 대로. 억지로 무얼 만들어 내려 하거나 집착하기보다, 내가 가고 있는 그 길 위에서 가능한 행복을 찾으면 되는 것 아닐까. 길이 없다는 생각은 착각이다. 내가 걸으면 그곳이 길이 된다.

유일한 아쉬움은 나보다 더 아이를 기다리시는 양가 부모님께 기쁨을 드리지 못하는 것인데, 누구보다 우리가 행복하게 살기를 바라는 분들이다. 그렇다면 결론은 간단하다. 우리 부부가 행복하게 잘 살면 된다. 지금처럼.

인생은 재미만으로 완성되지 않으니까

"얘가 왜 이렇게 홀쭉해졌지?" 바싹 말라 갈변한 이오 난사를 발견하고 깜짝 놀랐다. 이오난사는 내가 한창 신혼 집을 꾸밀 때 수염 틸란드시아와 함께 들인 공중걸이 식물 이다. 손바닥보다 작은, 마치 알로에를 축소한 듯한 모습이 깜찍하다. 흙이 없어도, 물에 꽂아 두지 않아도, 오직 잎으 로 빨아들인 공중의 수분을 양분 삼아 살아가는 신비로운 녀석이다. 그저 일주일에 한 번씩 세숫대야에 물을 받아 푹 담가 놓았다가 몇 시간 뒤 꺼내 주면 그만. 분기별로 분갈 이를 해 주어야 하는 화분보다 관리도 편하다.

3년 동안 녀석은 조용히 몸을 불렸다. 두 개였던 이오난사는 현재 여섯 개로 불어났다. 집으로 들인 해 가을에 잎이 자주색으로 변하더니 중심부에서 대롱 같은 꽃대가 쑥 올라왔다. 길쭉한 나팔 모양의 꽃은 크지는 않았지만 붉은 색감이 강렬했다. 그 고운 자태를 스마트폰으로 여러 각도에서 찍어 두었다. 식물을 키우는 재미 중 하나가 예상치 못했던 꽃을 만날 때다. 왠지 좋은 일이 일어날 것만 같은 기분이 든다.

아쉽게도 여느 꽃처럼 그 아이도 오래가지는 못했다. 일주일이나 뽐냈을까. 시들어 버린 꽃은 볼품이 없었다. 하지만 이오난사는 부지런히 다음 단계를 준비하고 있었다. 얼마 지나지 않아 밑동에서 자구子球가 돋아났다. 모체를 복사한 듯 똑같은 모양의 미니 알로에가, 새끼손톱만 한 크기로 잎 속에 숨어 있었다. 한 놈이 아니었다. 밑동 구석구석에 세 녀석이나 몸을 감추고 있었다. 자식을 셋이나 낳은 것이다.

'식물 집사' 커뮤니티에 물어보니, 자구를 너무 어릴 때 분리하면 죽을 수도 있으니 모체의 반 정도 크기로 자랐을 때 떼어내면 된다고 했다. 몇 달 동안 나만 아는 느린 속도로 성장하는 자구를 관찰하며 기특해했다. 임산부를 대하는 것처럼 물에 담글 때도 조심스럽게 다뤘다.

마침내 자구가 제법 자라 핀셋으로 모체에서 분리했다. 어린 이오난사가 우리 집에 처음 왔던 때의 제 어미 크기와 비슷해졌다. 열대지방에 살던 식물이 바다 건너 대한민국으로 옮겨져 경기도의 한 아파트에 자리를 잡아 적응하고 번식까지 했다. 그 악착스러운 여정에 경외심마저 들었다. 그 후로도 모체는 출산(?)을 두 번 더 했다. 다둥이 엄마였다. 돌봐야 할 식물 수가 점점 늘어나 예전보다 손은 많이 갔지만 대견스러운 마음이 더 컸다.

그러던 어느 날, 이오난사 모체를 살펴보니 예전 같지 않았다. 통통하고 균형 잡힌 알로에 형태가 아니라 파처럼 홀쭉한 모양으로 변해 있었다. 병이 든 걸까. 물을 주고 볕을 쐬어 주어도 회복되지 않았다. 1년 후 초라하게 말라 버린 '다둥맘' 이오난사는 결국 영영 시들고 말았다.

이오난사가 잦은 출산으로 기력을 다했다는 게 내 결론이다. 5년을 함께한 반려 식물의 죽음은 적잖이 충격이었다. 녀석이 꽃을 피우고 자구로 번식한다는 지식조차 없었던 나에게 이오난사의 변신과 성장은 놀람과 기쁨의 연속이었다. 그렇게 정들었던 친구가 떠나갔다.

40대에 접어든 지금, 내 주변에는 다양한 가족 형태를 이룬 친구들이 있다. 혼자 사는 친구, 딩크족, 아이가 셋 되는 친구도 있다. 말라 죽은 이오난사를 보며 산후 우울증으로 힘들어했던 한 친구의 말이 떠올랐다. "아이를 낳고 나니까 내가 껍데기가 된 기분이 들어." 자신의 뱃속에서 '알맹이'가 둘씩이나 빠져나갔더니 몸이 예전 같지 않다고 했다. 자식을 여럿 품었던 이오난사처럼 친구의 몸도 상했을지 모른다. 자신의 양분과 에너지를 아기에게 내어 준 만큼 엄마는 홀쭉하고 약해진 것이다.

이오난사의 생로병사 앞에서 새삼 '희생'이라는 단어를 곱씹었다. 다음 세대를 위해 자신의 생명과 건강을 양보하는 자연의 순리는 신성하고 숭고하게 느껴진다. 인간은 이기적 존재라 타인을 위해 자신의 건강을 포기하지 않는데, 자식을 낳아 키우는 일만은 예외다.

그런데 과학적으로 접근하자면 이 일은 도리어 자연스럽다. 모든 생명의 존재 목적은 번식이다. 그렇다면 엄마의 희생은 본능이고 당연한 행동이다. 오히려 이 본능에 반하는 것이 예외적이라고 볼 수도 있다. 인간을 제외한 그 어떤 생물도 자신의 자유로운 삶을 위해 자식을 포기하지 않으니 말이다. 자의 반 타의 반 딩크로 사는 나의 존재 의미를 자문해 봤다. 나는 다음 세대를 위해 내 건강을 희생하지 않았다. 그런데도 이 한 몸조차 건강하지 못하니, 식물이나 동물로 따지면 실패한 삶이다. 하지만 지금의 생활이 나는 꽤 만족스럽다. 이 설명되지 않는 인과는 도대체 뭘까.

어쩌면 엄마가 아이를 키우는 것처럼, 나는 나를 키우고 있어서가 아닐까. 책을 쓰는 것도 나를 키우는 일 중 하나다. 정신을 차리고 보니 오래 해 오던 방송 일을 접고 '내 이야기'를 쓰는 작가가 되었다. 책 한 권을 세상에 내놓을 때마다 고통이 따르지만, 이 고통은 평생도 감당할 수 있을 것 같다. 마치 첫째 아이 출산의 고통을 잊어버리고 둘째 셋째를 낳는 엄마들처럼 기쁨이 더 크기 때문이다. 그 기쁨은 쓰면 쓸수록 내가 더 나은 사람이 된다는 확신에서 온다. 내가 가진 강점과 약점을 파악하고 나란 사람을 더 깊이 이해하게 된다. '자식을 키우면서 진짜 어른이 되었다'는 엄마들이 부러웠는데, 나는 다른 방식으로 어른이 되어 가고 있는 게 아닐까.

요즘 들어 앞머리에 새치가 부쩍 늘었다. 뽑아도 뽑아도 자꾸만 새로 솟아난다. 이마와 눈가, 입 주변에는 억지로 인상을 쓰지 않아도 주름이 선명하다. 거울을 볼 때마다 노화를 실감한다. '생각하는 나'는 언제나 그대로인 것 같은데 '보이는 나'는 계속해서 늙어 간다. 다행인 점은 출산에는 나이 한계가 있지만 출간에는 정년이 없다는 것. 나의 늙음은 과일로 치면 익어 가는 것이다. 그렇다면 햇볕을 많이 받고 즐겁게 살아야지. 잘 익은 사람이 되면 더 좋은 글을 낳을 테니까.

이오난사는 자신의 분신을 남겼는데, 내가 사라지고 나면 과연 몇 권의 책이 남을지 궁금하다. 무엇이 됐건, 나란 존재가 때로는 아등바등, 그러나 대체로 행복하고 쓸모 있게 살았다는 흔적을 세상에 남기는 것은 분명 '의미' 있는 일이다. 인생은 재미만으로 완성되지 않으니까.

하루아침에 할머니가 되고 느낀 점

이 책은 나의 여섯 번째 출간작이다. 나는 원고를 쓰면서 조금 불안해하고 있다. 마치 징크스처럼 책 한 권을 낼 때마다 어딘가 아파서 입원했기 때문이다. 두 번째 책을 낼 때는 허리가 말썽이었다. 20대에 허리 디스크 수술을 받은 후로 다리가 저리는 불편은 사라졌지만, 오래 걷거나 운동을 과하게 하는 날이면 어김없이 요통이 찾아왔다. 그래도 꾸준히 요가를 하면서 옛날보다 허리 근력이 튼튼해졌는데, 집필하면서 1년 동안 의자와 한 몸이 되다시피 한 것이 무리였나 보다.

출간을 일주일 앞두고 '나를 잊지 말라'는 듯 허리가 신호를 보냈다. 침대에서 눈을 뜨는 순간, 불길한 느낌이 머릿속을 스쳤다. 몸이 일으켜지지 않았다. "아야야야야⋯⋯" 무릎 관절이 다 닳은 할머니가 자리에서 일어설 때 내는 소리가 입 밖으로 튀어나왔다. 엎친 데 덮친 격, 갑자기 재채기가 터졌다. 배와 허리로 한순간에 힘이 들어가자 우지끈, 눈앞에서 번개가 내리꽂혔다. 벼락에 맞아 반으로 쪼개지는 대추나무가 된 기분이었다. 상하체가 제대로 붙어 있는지 천천히 살펴보았다.

몸이 아프면 한의원을 먼저 찾는 나는 있는 힘껏 옷을 챙겨 입고, 비상사태를 대비해 옷장 서랍 속에서 상시 대기 중인 '복대'를 허리에 둘러찼다. 끄응, 신음을 삼키며 집 밖으로 나섰다. 아이가 걸음마 떼듯 조심스레 한 발짝씩 내디뎠다. 몸이 흔들릴 때마다 허리가 고음을 질러 댔다. 다리에 힘이 들어가지 않으니 자연스레 놀부의 팔자걸음이 나왔다.

걸어서 5분 거리인 한의원에 가려면 신호등을 두 번 건너야 한다. 횡단보도 앞에 가까스로 도착했을 때 타이밍 좋게 초록 불이 들어왔다. 그런데 몇 걸음 내딛기도 전에 5초 남았단다. 아니, 횡단보도가 이렇게 길었단 말인가! 모두가 길을 건너고 난 뒤 덩그러니 남은 나는, 망망대해에

뜬 돛단배처럼 횡단보도를 유람하고 있었다. 속도를 높이고 싶었지만 안타깝게도 돛단배에는 고성능 엔진이 없다. 마치 누군가 내 몸에 슬로모션 효과를 걸어놓은 것 같았다. 눈에 쌍심지를 켠 자동차들이 경적을 울려 댔다. '에이 성질 급한 양반들아, 이 할미도 빨리 건너고 싶다고.'

드디어 인도에 발이 닿았다. 등 뒤로 쌩하니 버스가 지나가는 바람에 넘어질 뻔했다. 평소 두 배의 시간이 걸려 한의원 건물에 도착했다. 엘리베이터 앞으로 걸어가는데 문이 닫히려고 한다. 앗, 저걸 잡아야 하는데. 다행히 엘리베이터 문 사이로 고개를 빼꼼 내민 청년이 복대 찬 나를 발견하고 황급히 문 열림 버튼을 누른다. 나는 느릿느릿 겨우 탑승했다. 청년은 나에게 공손히 층수를 물어보더니 5층 버튼을 대신 눌러 줬다. 고마우면서도 왠지 멋쩍은 기분. '이보게, 젊은이. 고맙지만 이 할미는 허리가 아프지, 손가락은 멀쩡하다오.'

제대로 걷지도 못하는 나를 보고 의사가 얼른 의자를 내 앞으로 끌어 줬다. 뜨거운 찜질을 하고 침을 맞았지만 별 효과가 없었다. 결국 신경외과에 입원하는 신세가 됐다. 재수술은 피하고 싶어 우선 도수 치료, 체외 충격파, 견인 치료를 받으면서 상태를 지켜보기로 했다. 다행히 점점 좋아져서 수술까지 가지 않았다.

　　허리가 불편했던 일주일 동안 나는 뜻밖의 교훈을 얻었다. '건강이 최고' '안 아픈 것에 감사하라'는 뻔한 이야기가 아니다. 이제 겨우 마흔이 된 나는 당연히 노인의 삶을 모른다. 할머니로 산다는 것은 너무 먼 미래이며, 아직은 나와 상관없다고 생각했다. 앞머리 사이를 비집고 올라오는 흰머리를 발견할 때면 어쩌면 그렇게 먼 미래가 아닐지도 모른다는 두려움이 엄습했지만, 고개를 빠르게 내저으며 떨쳐내고는 했다.

　　운전할 때는 쓸데없이 긴 초록 불 때문에 짜증 난 적이 많았다. '이미 사람들 다 건너갔고만 아직도 신호등이 안 바뀐담.' 구시렁거리며 누군지 몰라도 신호 체계를 엉망으로 설계했다고 불평했다. 아파트 앞 트랙을 달리다가 느긋하게 걷고 있는 장년의 부인과 마주치면 우월감을 느끼기도 했다. '저렇게 천천히 걸으면 무슨 운동이 되나.' 그 옆을 지나칠 때는 일부러 속도를 높였다. 가뿐하게 달리는 내 모습에 흠뻑 취해서.

　　나는 아주 잠깐 할머니의 육체로 살아 봤고, 할머니의 눈으로 사물을 바라봤다. 본의 아니게 할머니 체험을 치르고 나니 세상이 달리 보였다. 할머니가 살기에 세상은 대체로 급하고 참을성이 없었다. 뭐 좀 하려고 하면 이미 끝나 있거나, 계속 재촉당하는 느낌이 들어 마음이 다급해졌다. 내가 스스로 할 수 있는 일까지 사람들이 도와주니 고마운 한편 처량한 기분도 들었다. 간단한 일도 내 힘으로 못 하는 무능한 사람처럼 느껴졌다. '늙으면 서럽다'는 말이 무슨 의미인지 어렴풋이 알 것 같았다.

무엇보다 가볍고 자유롭게 움직이는 젊은 육체가 부러웠다. 그것이 얼마나 축복이고 감사한 일인지, 오지랖이 발동하여 알려 주고 싶었다. 더 움직이고, 더 즐기라고. 그러지 못하는 날이 누구에게나 꼭 찾아온다고.

허리가 아파 봐야 허리가 아픈 사람에게 공감하고, 만성 두통에 시달려 봐야 타이레놀이 소용없다는 말을 이해한다. 꼭 찍어 먹어 봐야 똥인지 된장인지 아느냐고? 그렇다. 통증에 대해서는 정말 그렇다. 아프다는 것은 언제나 혼자만의 아픔이다. 그 고통의 절반은 외로움일 것이다. 엄마도, 남편도 옆에서 간호해 줄 순 있지만 대신 아파 주지는 못한다. 온전히 혼자서 버텨 내야 하는 게 통증이다.

아플 때만큼 내가 살아 있음을 생생하게 느끼는 때가 없다. 내가 지금 여기에 존재한다는 불편한 각성. 그것이

한차례 폭풍처럼 지나가고 다시 찾아온 평범한 일상은 생각지도 못한 선물을 받은 것처럼 고마워진다.

어쩌면 나는 남들보다 자주 아픈 만큼 따뜻한 사람이 될 수 있지 않을까. 다시는 돌아오지 않을 소중한 지금을 허투루 흘려보내지 않고 충실하게, 농밀하게 채워야지. 사소한 것에도 감사를 느끼는 삶을 살 수 있다면, 몸이 약한 것이 그리 나쁘기만 한 것은 아닐지도 모른다.

아, 그렇다고 이 책을 출간한 기념으로 입원해도 좋다는 뜻은 아니다.

복근과 뱃살의 사이 좋은 동거

얼굴이 붉어 떡볶이도 마음 놓고 먹지 못하던 소녀. 그로부터 20년이 흘렀다. 일주일에 한 번은 떡볶이를 즐길 만큼 내 몸은 건강해졌다. 샤워를 마치고 거울에 비친 상반신을 찬찬히 살펴본다. 20대 시절 그나마 기세등등했던 두 가슴은 중력을 이기지 못하고 풀이 죽었지만, 그 아래로 설핏 11자 복근이 보인다. 생활체육인으로 살아온 나의 자부심이다.

근거 없는 복근은 없다. 주 3회 이상 운동을 챙긴 지 10년이 넘었으니까. 등산을 시작으로 클라이밍, 크로스핏, 달리기, 줌바, 요가, 필라테스 등을 하면서 체력과 근력을 키웠다(최근 건강검진에서 2년 전보다 근육량이 3킬로그램 늘었다는 결과를 받았다!). 아니, 정확히 말하면 이런 운동을 즐긴 덕에 체력과 근력을 덤으로 얻었다. 예나 지금이나 나에게 가장 강력한 운동 동기는 '재미'니까. 종목을 계속 바꾼 것도 더 재밌는 운동, 정확하게는 나와 궁합이 잘 맞는 운동을 찾으려는 일종의 실험이었다.

가만 보니 내가 좋아하는 운동은 상반신을 많이 쓴다. 클라이밍과 플라잉 요가는 전신 운동이지만 아무래도 손으로 매달리고 잡아당기는 힘을 많이 쓴다. 특히 다리나 코어 근육을 잘 쓰지 못하는 초보가 그런 경향이 강한데, 나는 어떤 운동을 해도 만년 초보거나 간신히 초보를 벗어난 수준이니 언제나 팔을 많이 사용했다. 상반신을 쓰는 습관이 축적되다 보니 복근 형성에도 한몫한 모양이다.

희미한 복근 아래로는 거만해지지 말라는 듯 욕망의 언덕이 툭 불거졌다. 튀어나온 아랫배는 양손으로 푸짐하게 잡힌다. 옆모습을 보면 짱구 볼살이나 외로운 둘리의 얼굴형이 연상된다. 귀엽게 묘사했을 뿐 사실 그냥 똥배다. 엉덩이가 앞뒤로 달린 느낌이랄까. 복근과 똥배라니, 이 둘은 과연 공생 가능한 관계인가.

운동을 꾸준히 하는데 왜 뱃살이 많으냐 하면 그만큼

먹어서다. 여전히 빵을 끊지 못했으며, '아무리 빵을 사랑해도 나는 역시 한국인'이라는 듯 주기적으로 매운 음식이 당긴다. 특히 흠잡을 데 없이 '깨끗한' 식단을 며칠간 지켰을 때는 반동 현상이 더욱 심하다. 라면, 매운 닭발, 떡볶이 같은 음식에 대한 갈망이 뇌 전체를 지배한다(보통 이런 강렬한 욕망은 먹어야 끝난다). 다행히 술에는 무관심하다. 30대 중반이 넘어가자 그렇게 좋아하던 맥주, 와인이 눈앞에 있어도 구미가 돋지 않는다. 누구 말대로 한 사람당 평생 마실 수 있는 알코올의 양이 정해져 있는지도. 그렇다면 '한국인의 매운맛'도 질리는 날이 오지 않을까 기대해 본다.

글루텐 알레르기가 있다는 검사 결과지를 처음 받아들었을 때는 세상이 무너지는 것 같았다. 밀가루 음식이 건강에 해로운 건 상식이었고, 나는 아토피까지 있으니 더욱 조심해야 하는 것도 알았다. 하지만 밥보다 빵과 면을 더 좋아하는 나는 그동안 귀를 막고 살았다. 알레르기 반응을 일으키는 음식을 계속 먹으면 몸이 가려울 뿐만 아니라 소화불량, 두통, 무기력증이 생긴다고 의사가 말했을 때는 입에 물고 있는 사탕을 빼앗긴 기분이었다.

한 달 정도 빵을 참았나. 피부가 좋아지는 건 모르겠고 우울한 것은 알겠다. 나는 인터넷 검색창에 터질 듯 빵빵하게 부풀어 오른 욕망의 단어들을 하나씩 신중하게 늘어놓았다.

글루텐프리빵, 소화잘되는빵, 키토빵,

아토피빵, 쌀빵, 사워도우……

밀가루 알레르기의 주원인은 글루텐이니, 글루텐이 안 들어간 빵을 먹으면 되지 않을까 하는 얄팍한 심사였다. 천연 발효종으로 천천히 만든 건강 빵인 사워도우는 소화가 잘되니까. 아! 쌀빵도 있었지. 쌀은 글루텐이 적은 곡물이니 괜찮을 거야. 데굴데굴, 잔머리 굴러가는 소리가 들렸다.

하지만 그런 빵을 집 주변에서 구하기가 쉽지 않았다. 걸어갈 만한 거리에는 모두 프랜차이즈 빵집뿐, 내가 찾는 건강한 빵은 팔지 않았다. 검색을 거듭한 끝에 인터넷으로 주문 가능한 사워도우 전문 베이커리를 찾아냈다. 주문이 들어가면 그 즉시 반죽을 해서 소량만 판매하기 때문에 배송까지 최소 일주일은 기다려야 한다고 했다. 아무렴, 기다리고 말고요. 빵을 먹을 수만 있다면!

어른 팔뚝만 한 사워도우 다섯 덩이가 마침내 집에 도착했다. 빵에게 예의가 아닌 줄은 알지만 바로 먹을 것을 빼고는 전부 냉동실 행이다. 한 덩이를 빵칼로 잘라서 세 조각을 에어프라이어에 넣고 160도로 5분간 돌렸다. 고소하고 새큼한 향이 주방 가득 퍼진다. 벌써 군침이 돈다. 겉은 바삭, 속은 쫄깃한 사워도우에 버터를 듬뿍 발라서 한입 베어 물자 눈물이 찔끔, 행복이 우르르 몰려온다. '그래, 빵을 포기할 순 없지.' 나는 소화불량으로 명치를 쾅쾅 두드리며 살지언정 빵을 놓을 순 없다고 볼멘소리를 했다.

밥이 주식인 우리나라는 빵을 대개 간식이나 디저트로 여겨, 담백한 맛의 식사 빵을 파는 곳이 많지 않다. 그나마 서울에 나가야 식사 빵을 전문으로 하는 유기농 베이커리가 곳곳에 있다. 어디서나 구하기 쉬운 건 대부분 설탕이나 크림이 듬뿍 들어간 달달한 빵이다. 다행인지 불행인지 그것은 내 흥미가 아니다. 나는 구수하고 담백한 빵을 좋아한다. 냉동실 말고 집 근처 빵집에서 갓 나온 사워도우를 사 먹는 것이 내 작은 로망이다.

내가 꿈꾸는 아침 풍경은 이렇다. 아침에 일어나 집에서 도보 3분 거리의 빵집까지 여유롭게 걸어간다. 갓 구운 사워도우를 한 덩이 산다(가끔은 달콤한 일탈로 크루아상도 하나 담는다). 빵이 담긴 따끈따끈한 종이봉투에서는 고소한 냄새가 솔솔 올라오겠지. 집에 도착해 손수 내린 드립 커피를 한 모금 마신다. 버터와 꿀을 바른 사워도우 위에 하몽을 한 점 올려 입속으로 넣는다(박수 소리 효과음).

다행히 사워도우를 먹으면 다른 빵처럼 속이 크게 불편하거나 피부가 가렵지 않다. 동물성 지방인 천연 버터를 거의 매일 한 조각씩 곁들이지만 콜레스테롤 수치는 언제나 정상이다. 오히려 안 먹었을 때는 낮았던 좋은 콜레스테롤 HDL(고밀도지단백질) 수치가 정상 범위 위로 올라왔다(아무래도 국경 없는 내 몸속에는 '한국인의 매운맛'과 '유러피안의 버터맛'이 함께 흐르는 듯하다). 아예 안 먹는 것보다는 못하겠지만 이 정도로도 감사하다.

한 손으로 빵을 뜯으며 다른 손으로 스마트폰 앱을 열어 플라잉 요가 수업을 예약하는 나. 물론 빵을 먹지 않는다면 좀 더 '완벽'에 가까운 체형과 건강을 가질 수 있을 것이다. 그런데 완벽하면 또 무엇이 그렇게 좋을까. 인간은 무결점 로봇이 아니다. 하물며 로봇도 불량품이 있다. 인간미라는 말이 괜히 있겠는가.

복근 아래로 불룩한 뱃살을 보며 '이게 나로구나' 싶다. 좋아하는 운동을 열심히 하고, 좋아하는 음식을 충실히 먹었다. 하루하루 그 역사가 내 몸에 새겨졌다. 몸은 정직하다. 그 사람의 생활을 방금 닦아 낸 거울처럼 거짓 없이 비춘다. 뿌린 만큼 거두기 힘든 세상인데 확고하게 정직한 것 하나쯤 있어도 괜찮지 않을까. 그러니 오늘도 뾰로통한 뱃살을 양손으로 움켜잡고 절규하면서 복근이 사라질세라 운동 갈 채비를 한다.

똑같은 하루를 살면서 인생이 달라지길 바랄 수는 없다.

나는 체력이 허락하는 한에서 무리하지 않으면서

끊임없이 무언가를 시도했다.

느리게 갈지언정 걸음을 멈추지 않았다.

록페 가는 할머니가 되고 싶어

내가 록 음악에 빠진 건 20대 후반, 홍대 클럽에 드나들면서부터다. 나는 그 나이대 친구들이 많이 가던 춤 추는 클럽이 아닌, 인디 밴드들이 공연하는 소규모 라이브 클럽에 자주 갔다. 노는 데 진심인 친구를 따라갔다가, 청출어람이라고 나중에는 내가 먼저 공연 라인업을 확인하고 "이번 주말 콜?"을 외쳤다. 한때는 주말마다 출석 도장을 찍을 정도였다.

당시에도 홍대입구역부터 상수, 합정 언저리에 작은 클럽들이 모여 있었다. 가끔 2층에 위치한 클럽도 있었지만 대부분은 어두침침하고 습한 지하에 있었다. 처음 계단을 내려갈 때는 음침한 분위기에 압도되어 긴장을 하기도 했다. 어쩐지 다소 거친 사람들만 죄다 모여 있을 것 같았다. 그런데 막상 들어가니 고등학생(어떻게 출입한 걸까)부터 어린아이를 업고 온 엄마까지 의외로 다양한 세대가 뒤엉켜 놀고 있었다. 뒤쪽에 테이블이 몇 개 있었지만 거의 서서 공연을 즐기는 분위기였다. 나는 입구에서 받은 음료 쿠폰으로 진토닉 한 잔을 교환한 뒤 무대 바로 앞 스탠딩석에 자리를 잡았다.

위아래 까만 옷을 입은 밴드 멤버들이 무대에서 악기를 조율하고 있었다. 보컬은 눈부신 조명 탓인지(?) 컴컴한 실내에서도 선글라스를 끼고, 바지춤에는 치렁치렁한 체인을 달았다. 드러머의 까만 티셔츠에는 해골이 그려져 있었다. 호기심으로 무대를 응시하던 나의 심장을 끓어오르게 한 것은 일렉트로닉 기타 사운드였다. 귀가 찢어질 듯한 전자음이 처음에는 시끄럽기만 했는데 들을수록 홀렸다. 곡에 따라 한없이 애절했다가, 안개 낀 거리처럼 몽환적이었다가, 무중력 상태로 우주를 부유하듯 해방감도 들었다.

소심하게 고개만 까닥이던 내가 어느새 무릎에 스프링이라도 달린 듯 제자리에서 펄쩍펄쩍 뛰기 시작했다. 흥에 취해 TV에서 본 로커처럼 헤드뱅잉을 하기도 했다(끔찍하지만 사실이다). 누가 나를 이상하게 보지는 않을까 주위를 살피던 것도 잠시, 어느새 음악과 한 몸이 되어 신경 쓰지 않았다. 음악과 내가 포개지는 그 일체감에만 오롯이 몰입했다.

소규모 라이브 클럽의 가장 큰 매력은 바로 코앞에서 뮤지션과 호흡한다는 것. 그들이 흘리는 땀방울이 나한테 튈 정도였으니. '라이브 클럽 데이'라는 것이 있어서(최근에 부활했다고 한다!), 원데이 티켓을 끊으면 홍대 인근의 클럽들을 돌아다니며 공연을 볼 수 있었다. 그렇게 공연 순례를 다니며 개성 넘치는 밴드들의 음악을 하나씩 섭렵했다.

그들이 총출동한다는 록 페스티벌도 놓칠 수 없었다. 친구와 유명하다는 페스티벌들을 찾아다녔다. 끝이 보이지 않는 잔디밭 위로 하늘이 시원스럽게 뚫린 그곳에 돗자리를 깔고 누워 음악을 들으면 음침한 지하 클럽과는 또 다른 매력이 느껴졌다. 바람을 맞으며 시원한 맥주를 홀짝이다가, 좋아하는 가수가 나오면 냅다 무대 앞으로 달려 나갔다. 땀을 흠뻑 흘리며 놀고 나면 기력이 빠졌고, 다시 돗자리로 돌아와 누워서 에너지를 충전했다.

그 후로 10년이 지난 지금도 해마다 록 페스티벌에 간다. 달라진 것이 있다면 친구가 아닌 남편과 함께한다는 것

(친구들은 거의 육아로 바쁘다). 요란한 음악을 안 좋아하는 남편을 설득하는 방법은 역시 먹거리다. "돗자리에 누워서 닭강정에 맥주 마시면 최고겠다, 그치? 부산이라고 푸드 존에서 돼지 국밥을 파나 봐."

재작년에는 호텔까지 잡고 남편과 1박 2일로 부산국제록페스티벌에 갔다. 이틀 다 놓치기 아까운 라인업이었다. 인기 있는 밴드들이 참여하니 입장부터 만만치 않았다. 뙤약볕 아래 줄을 서서 티켓을 끊고, 티켓을 팔찌로 교환해서 들어가는 데만 두 시간 가까이 걸렸다. 이미 다리가 아파 왔지만 우리에겐 돗자리가 있다. 자리를 펼치고 막 누우려는데 짜릿한 전자 기타 소리가 날 유혹했다. 10년 전 내가 쫓아다니던 그 밴드가 무대 위로 올라왔다. 록 스피릿을 끌어모을 때!

대포처럼 튀어 나가 스탠딩석으로 파고들었다. 주위를 둘러보니 관객 중 내가 가장 연로(?)해 보였다. 밴드 멤버들은 역시나 블랙 진에 체인을 달았고 티셔츠의 해골 그림은 금니를 번쩍이고 있었다. 그 사이 드러머가 바뀌고 보컬의 머리가 군데군데 희끗해졌지만 천장을, 아니 하늘을 뚫을 듯한 기세는 여전했다. 무대 위는 금방 후끈 달아올랐고 너나 할 것 없이 뛰어놀기 시작했다. 나는 나이도 잊은 채 팡팡 뛰면서 고함을 질렀다. 마치 20대로 돌아간 것처럼. 어쩌면 무대 위 그들이 나를 알아보지 않을까, 하는 말도 안 되는 기대를 하며.

음악을 즐기며 무아지경으로 놀다 보니 정수리에서 김이 모락모락 났다. 다리는 아픈데 이상하게 기운은 펄펄 넘쳤다. 그래, 이 맛이 라이브지. 한동안 흥분이 가라앉지 않았다. 문제는 다음 날이었다. 아침에 눈을 뜨자마자 무릎이 시큰시큰하고 허리까지 욱신거렸다. 딱딱한 바닥에서 무거운 워커를 신고 뛰어 댔으니 역시나 무리였나보다. 그래, 내 나이 이제 마흔이구나. 새삼 세월의 무게를 실감했던 날이다.

무릎과 허리가 아파 며칠 고생했지만 후회하진 않았다. 일 년에 한두 번, 나는 작심하고 내가 좋아하는 것을 위해 내 몸을 조금 희생할 각오가 되어 있다. 이서수의 단편소설 〈젊은 근희의 행진〉《2023 제14회 젊은작가상 수상작품집》, 문학동네, 2023, 191쪽의 작가 노트에는 이런 문장이 나온다. "어쩌면 '젊음'은 상대를 바라보며 느끼는 '감정'에 가까운 것인지도 모르겠다. (…) 슬픔과 기쁨처럼 젊음 역시 감정이 될 수 있다면, 그것은 어느 시기에든 가질 수 있는 것 아닐까." 내 무릎은 마흔이지만 감정은 청춘이란 말이다.

오십, 육십이 되어 마흔에 하지 않은 것을 아쉬워하지 않도록, 나는 피곤하고 아프다는 이유로 내가 좋아하는 것을 포기하지는 않을 테다. 백발 할머니가 되어도 록페에 가야지. 워커 대신 착화감 좋은 효도 신발을 신어야 할지도 모르겠지만.